Golem

3 - NATACHA

Les auteurs

À eux trois, ils totalisent 148 livres, 8 ordinateurs, 7 enfants et 6 mains. Toute leur enfance, ils ont joué aux mêmes jeux, lu les mêmes romans. En même temps, ils ont pris un cahier et un stylo. Lorris avait alors 14 ans, Marie-Aude 11 et Elvire 7. Depuis, ils n'ont plus arrêté d'écrire. Lorris, dont les romans explorent le passé comme l'avenir, navigue entre aventure, policier, fantastique et science-fiction. Marie-Aude, qui aime faire rimer amour et humour, a publié la majeure partie de son œuvre à l'École des loisirs. Elvire, auteur d'*Escalier C* pour les adultes, se métamorphose en Moka quand elle écrit pour les jeunes. Tous trois ont eu envie de retrouver les jeudis de leur enfance quand ils se demandaient : « À quoi on joue ? » Pendant deux ans, ils ont écrit les cinq tomes de Golem. À vous de jouer maintenant !

© Gérard Murail

Elvire, Lorris et Marie-Aude MURAIL

Golem

3 - Natacha

Loi n° 49-956 du 16 juillet 1949 sur les publications
destinées à la jeunesse : mai 2002.

© 2002, éditions Pocket Jeunesse, département d'Univers Poche.

ISBN 2-266-11685-1

*L*a police a découvert un cadavre couvert de brûlures dans les caves de la cité des Quatre-Cents et une rumeur étrange court sur un « fantôme électrique » qui hanterait ces mêmes caves. Samir, le petit caïd de 5ᵉ 6, a son idée sur ce fantôme. Il ressemble à Joke, le golem d'un jeu vidéo inconnu dans le commerce.

« Golem », le jeu, a commencé par squatter l'ordinateur du jeune Majid et celui de son professeur, Jean-Hugues de Molenne. Maintenant, il se répand un peu partout dans le monde grâce au réseau Internet. Chacun peut se construire son golem, sa créature de rêve ou de cauchemar, à condition d'échapper aux pièges du jeu et de résoudre ses énigmes. Jean-Hugues y est parvenu et s'est construit une super-nana aux pouvoirs de guerrière, Natacha.

L'ordinateur bleu électrique que Majid a gagné à un concours des Trois Baudets semble le point de départ de toute cette histoire. C'est un nouveau modèle de la marque MC, une inquié-

5

tante multinationale qui fabrique aussi bien des téléphones portables que de la pâte à prout. Il semblerait que l'ordinateur soit sorti par erreur du hangar où on le stockait et ils sont nombreux à vouloir le récupérer...

Entre autres, il y a Klaus, l'albinos, un tueur à gages au service de la MC. Puis il y a ce mauvais garçon, beau gosse, « monsieur Albert », qui ne recule pas devant la bagarre pour remettre la main sur ce qu'il prétend être son ordinateur. Au passage, il prétend aussi être l'inventeur du jeu vidéo « Golem ».

Pas de quoi se vanter, d'ailleurs... Car la MC a payé Albert pour qu'il glisse dans son jeu des images subliminales publicitaires si brèves que seul l'inconscient les enregistre. Or, celles-ci commandent au joueur d'acheter la pâte à prout Mondialo. Voilà qui explique pourquoi les enfants et même les adultes collectionnent les petits pots de pâte fluo ou parfumée. Quant à la pâte à prout hallucinogène dont parle la télé, existe-t-elle vraiment ? Est-ce elle qui provoque des hallucinations et fait voir des fantômes ?

Pourtant, Natacha, la golémette de Jean-Hugues, semble réellement sortir de l'ordinateur bleu électrique, par une nuit d'orage. Joke, lui, est si réel que Lulu, la petite sœur de Samir, en a *fait son ami, son seul ami. Lulu est atteinte d'une maladie génétique qui la condamne à vivre dans son lit. Mais depuis que Joke et elle se sont mystérieusement connectés, Lulu marche et dit qu'elle a « la Force ». Hallucinations que tout cela ?*

La souris qui épouvante Mme de Molenne est tout de même un peu trop verte pour n'être pas suspecte. Ne serait-ce pas Bubulle, le petit dragon du jeu vidéo, sorti lui aussi de l'ordinateur ? Quant à Jean-Hugues, il vient de faire connaissance avec le fameux fantôme électrique et il en est encore traumatisé. Mme de Molenne et son fils auraient donc bien des choses à se dire, ce soir. Pourtant…

CHAPITRE PREMIER

N'EN PARLONS PAS !

Peu de gens sont capables de garder un secret et, quand ce secret cache des choses monstrueuses, il y faut une force d'âme peu commune. Pour ne pas s'inquiéter mutuellement, Jean-Hugues et sa mère s'efforçaient de garder, chacun pour soi, un monstrueux secret.

Mme de Molenne avait vu une sorte de lézard volant ou de dragon miniature dans le bureau de son fils. Il était tombé de la manche d'une chemise quand elle avait voulu la plier. Bien sûr, Mme de Molenne pouvait dire à Jean-Hugues :

— Tu ne sais pas ? Il y avait un petit dragon dans ton bureau quand tu n'y étais pas.

Mais elle ne s'imaginait pas en train de prononcer une telle phrase. Elle n'avait jamais dit à son fils que des choses extrêmement sensées pour la bonne raison qu'elle était psychologue. À la rigueur, elle aurait pu avouer à Jean-Hugues :

— Tu ne sais pas ? Je deviens marteau. Je vois des bêtes bizarres qui sortent de tes chemises.

Et Jean-Hugues répondrait :

— Maman, il faut te soigner.

Mme de Molenne ne cessait de se repasser cette séquence dans sa tête, ajoutant une phrase ou en retranchant une autre. Peut-être accuserait-elle la pâte à prout ? Après tout, ils avaient dit à la télévision qu'on soupçonnait l'existence d'une pâte à prout hallucinogène. Or, elle avait manipulé des pots de pâte à prout pour en retirer les couvercles. Cela suffisait-il à provoquer des hallucinations ? Fragile espoir auquel Mme de Molenne se raccrochait. Mais à la tombée du jour, une autre idée s'imposait à elle : le petit dragon existait réellement. C'était lui qui faisait des trous dans la moquette et laissait flotter une curieuse odeur derrière lui.

— Tu ne trouves pas que ça sent bizarre ? dit Mme de Molenne au dîner.

Jean-Hugues eut une espèce de ricanement. Qu'est-ce qui pouvait lui sembler bizarre, à présent ? Dans les caves des Colibris, il avait vu un monstre qui envoyait des décharges électriques et débitait des âneries sur un ton d'automate. Et ce monstre ressemblait à Joke, le petit golem informe et farineux d'un jeu vidéo. S'il avait été le seul à le voir, Jean-Hugues se serait dit : « Mon vieux, tu as pété un câble. » Mais la scène avait eu trois autres témoins, Sébastien, Samir et Lulu.

— Non, non, ça sent très bon, répondit distraitement Jean-Hugues en humant la soupe.

— C'est de la soupe, murmura Mme de Molenne.

— Oui, c'est…

Jean-Hugues ne finit pas sa phrase et plongea sa fourchette dans son bol.

— C'est mieux avec une cuillère, remarqua sa mère.

Ils eurent un rire nerveux, tous les deux. Jean-Hugues ouvrit la bouche. Il allait tout raconter. Il n'en pouvait plus.

— Maman…

— Oui ?

Ils se regardèrent. Mme de Molenne pensa : « Ça y est. Il a vu que je devenais folle. »

— C'est de la soupe à quoi ? demanda Jean-Hugues, le ton tragique.

— Carottes, pommes de terre, navets, énuméra sa mère, la voix près de se briser.

Jean-Hugues craqua intérieurement : « Tant pis, je vais tout dire. Je vais dire : j'ai vu un golem. Il y a un golem dans les caves des Colibris. »

— Il y a un… il y a des poireaux ?

— Tu n'aimes pas ? demanda timidement Mme de Molenne. Tu n'as jamais beaucoup aimé les lézards.

— Quoi ?

Mme de Molenne blêmit. Elle comprit que quelque chose venait de lui échapper.

— Qu'est-ce… qu'est-ce que j'ai dit de bizarre ?

— Tu as parlé de lézard.

— Non, j'ai dit « bizarre ».

— Tu as dit « bizarre » ? Comme c'est bizarre !

Ils eurent le même rire tremblotant. À taire leur secret, ils devenaient fous.

— Je vais aller voir ma sœur à Fontainebleau, déclara soudain Mme de Molenne.

— Maintenant ?

— Demain. J'ai besoin de repos. C'est ça. De repos.

Elle avait des larmes plein les yeux. C'était de la désertion. Abandonner ainsi son fils aux griffes d'un dragon. Heureusement qu'il ne faisait que vingt centimètres de haut.

— Mais… tu pars longtemps ? s'alarma son fils.

— Une semaine. Tu t'en sortiras sans moi ?

Jean-Hugues fit signe que ça irait. Jamais il ne tiendrait seul dans cet appartement avec pour toute compagnie un ordinateur qui se mettait en marche de lui-même. Il fallait absolument qu'il parle avec quelqu'un. Majid ? Samir ? Sébastien ? Ce n'étaient que des mômes.

— Albert, murmura-t-il.

— Quoi ? fit sa mère.

Ils se regardèrent, tout près de se parler, refusant de le faire.

— Je… j'ai un cours à préparer sur Albert, bredouilla Jean-Hugues. Albert Camus.

Il se leva de table, ayant à peine commencé de dîner. Oui, il devait remettre la main sur cet Albert qui se prétendait l'inventeur du jeu vidéo *Golem*.

— Mais où est-il ? se demanda-t-il à mi-voix.

— Dans ton bureau, répliqua Mme de Molenne.

— Quoi ?

— Mais oui, il y a *La Peste* de Camus dans ton bureau.

La peste et un dragon. Mme de Molenne se passa la main sur le front.

— Je vais me coucher.

Lorsque Jean-Hugues se retrouva seul dans son bureau, il commença par jeter un coup d'œil craintif à son ordinateur bleu électrique. Après l'avoir délesté d'une coupure de cent euros, Albert lui avait dit :

— Si j'ai besoin de vous, je vous contacterai sur votre messagerie.

Peut-être l'avait-il fait ? Mais Jean-Hugues n'osait même plus cliquer sur l'icône « Outlook Express » pour recevoir son courrier. Il effleura la coque de la petite souris. L'écran frémit et une image parut, l'image tant attendue.

— Bonjour, toi ! lui lança Natacha.

La golémette était sur l'écran, dans sa pose d'allumeuse, la main sur le short. Du bout de l'index, Jean-Hugues la parcourut, sa bouche, ses seins, ses cuisses nues. Il ne la voyait qu'à peine, derrière un voile de larmes. Il cilla.

— Bonjour, toi, répéta Natacha.

— Oh, tais-toi.

Jean-Hugues s'assit lourdement en face de son écran. Il tendit le bras vers l'imprimante et s'empara de la feuille qui y était restée.

JOUE AVEC MOI. JE T'ATTENDS.

D'après sa mère, l'imprimante s'était mise en marche toute seule. Mme de Molenne, qui confondait fax et mail, ne s'en était pas particulièrement étonnée. Mais Jean-Hugues savait bien qu'un message ne peut sortir spontanément d'une banale imprimante. Ce message était même signé : NATACHA.

Albert avait-il inventé un jeu dont les personnages pouvaient interagir avec le monde réel ? C'était absurde, impensable. Mais Joke était en ce moment dans les caves des Colibris, faisant tout disjoncter autour de lui pour assouvir sa faim d'électricité. Absurde, impossible !

— Absurde, murmura Jean-Hugues, les yeux rivés sur Natacha.

Une envie insensée prenait corps en lui. Puisque Joke était sorti du jeu, pourquoi Natacha n'en ferait-elle pas autant ? Du dos de la main, Jean-Hugues caressa l'image sur l'écran. C'était l'exacte image de tous ses désirs, c'était la fille qui avait hanté ses rêves d'adolescent, à l'âge où ses copains, pour se moquer de son côté poussin perdu, le surnommaient « Caliméro ».

Natacha était carrossée à faire pâlir de jalousie n'importe quelle top model. Elle avait une taille de guêpe, des yeux entre or et émeraude et une bouche qu'un invisible baiser semblait écraser. Avec sa carrure de guerrière, ses seins de nourrice et le dégom-laser passé en bandoulière, elle était la séduction de l'amour et la puissance de la mort. Une seule chose avait échappé à son créateur. Pour le caractère de Natacha, Jean-Hugues

avait cliqué sur « obéissante » et il s'était récupéré
« agressive ». Le jeu boguait par moments. Albert
n'avait pas eu le temps de le mettre au point. Et,
pire, il n'avait pas eu le temps de le terminer. À
quoi bon jouer encore avec Natacha si elle ne
pouvait, au terme de sa quête, réclamer une âme
au Maître des golems ?

Repris par sa tendresse et surmontant sa
crainte, Jean-Hugues donna une pichenette dans
l'écran :

— Tu es agressive, toi ?

L'image sauta. Natacha saisit son arme et la
braqua vers l'extérieur. Vers Jean-Hugues. D'instinct, il repoussa son fauteuil à roulettes.

— Oh, du calme !

Mais, déjà, la petite guerrière s'était retournée
et s'éloignait sur une route inconnue. C'était une
séquence du jeu que Jean-Hugues n'avait jamais
vue. Albert avait-il menti ? Avait-il conduit Natacha chez le Maître des golems ? La golémette
avançait sous un ciel magnifiquement étoilé.

Une étoile se mit à palpiter, puis à grossir.
Grossir, grossir. Jean-Hugues cligna des yeux.
L'astre emplissait l'écran et scintillait de ses cinq
branches, aussi lumineux que l'étoile au-dessus
de la crèche. Dans chaque branche de l'étoile, on
apercevait un petit carré. Le bruit de machine à

écrire, que Jean-Hugues connaissait bien, sortit du haut-parleur. Sur l'écran s'afficha la phrase :

JE SUIS CELUI QUI EST AUTREMENT APPELÉ.

Jean-Hugues lut à mi-voix la phrase énigmatique. Puis il promena son curseur sur l'écran et cliqua au hasard sur les petites cases vides. À tour de rôle, elles clignotèrent mais rien d'autre ne se produisit.

— Celui qui est autrement appelé ? s'interrogea-t-il.

Le mystère l'avait repris. Il en oubliait le cauchemar qu'il venait de vivre. Golem, de nouveau, le mettait en route. Et pour où ? « Celui qui est », n'était-ce pas le Maître des golems, le dieu du jeu ? Sans doute fallait-il entrer une lettre dans chacune des cinq cases et trouver une sorte de mot de passe…

— En cinq lettres, marmonna Jean-Hugues.

Il avait mis la main en visière au-dessus de ses yeux pour affronter le scintillement de l'étoile. Finalement, l'image disparut comme si le jeu se lassait.

Jean-Hugues décida de consulter sa messagerie. Peut-être Albert s'était-il manifesté ? Un chiffre bleu indiquait entre parenthèses l'arrivée de (12) messages dans la BAL. C'étaient douze messages d'Albert en provenance de *Cyberstation*, un cybercafé des Quatre-Cents. Jean-Hugues ouvrit le dernier :

Mais bordel, vous regardez jamais votre messagerie ? Je dois vous voir. Je suis à la Cyb, tous les après-midi. Magnez-vous ou je viens chez vous.

Jean-Hugues eut un petit sourire en songeant : « Toi, mon vieux, tu as encore besoin de fric. » Mais ce serait donnant-donnant. L'argent contre le mot de passe.

Albert zonait. Entre le *Fontenoy* où il prenait ses repas et la *Cyberstation* où il tuait le temps. Les cent euros de Jean-Hugues fondaient rapidement. Albert n'osait pas se repointer chez le petit prof. Il savait que les MC étaient encore dans la cité. Il ne fallait rien faire qui les mette sur la piste de Jean-Hugues.

Albert zonait et il rageait. Quand le petit prof, comme il l'appelait, allait-il se décider à consulter sa messagerie et à obtempérer ?

Cet après-midi-là, Albert attendait toujours à la *Cyb*, adossé à un mur et mâchouillant le bout d'une allumette usagée. Mal rasé, avec son mètre quatre-vingt-dix et sa carrure de rugbyman dans un costard froissé, Albert était déjà connu de tous les habitués. De temps en temps, à l'invitation d'un des joueurs, il prenait les commandes d'une partie de *Half-life*. Les mômes l'appelaient « Freeman », comme le héros du jeu. L'autre distraction d'Albert, c'était de mater les jambes des deux serveuses en songeant à Nadia Martin, la prof de bio qui lui avait tapé dans l'œil.

Quand Jean-Hugues poussa la porte du cybercafé, il fut accueilli par un sonore :

— Mais c'est qui le blaireau qui m'a niqué ?

La question ne lui était pas adressée. Il y avait là une poignée d'ados qui jouaient en réseau à *Counter-strike*.

— Trace, trace ! cria une voix.

— T'es bon, toi. Mon ordi fait qu'à bugger.

Se tournant le dos, les gamins s'interpellaient d'un écran à l'autre. Des mitraillades fusaient d'un peu partout.

— Oh, Devil, t'es qu'un abuseur ! J'allais l'avoir.

— Laisse-moi passer, Mickey. Ah, les bâtards, tirez-moi pas dessus !

Des éclats de rire répondirent au malheureux qui venait de se faire canarder.

— Vous êtes des vilains, lâcha-t-il, en rigolant lui aussi.

Jean-Hugues poussa un soupir de bien-être. C'était sympa comme tout, cet endroit. Tout le long d'un couloir s'alignaient les joueurs et les ordinateurs. Rien que des petits mecs jouant au terroriste ou au justicier, le visage dilaté de bonheur ou dévasté de tics.

Albert avait fini par se percher au bar sur un tabouret. Quand il aperçut Jean-Hugues, il se contenta de hausser un sourcil. Le jeune prof s'assit à côté de lui, sans le regarder.

— Quand même, maugréa Albert.

Jean-Hugues commanda deux cafés.

— J'ai besoin de fric, murmura Albert, regardant droit devant lui.

— Je m'en doute. Mais je suis pas milliardaire.

— Je m'en doute aussi, répliqua Albert avec mépris.

— Il faut que je vous parle, fit Jean-Hugues.

Mais il ne savait plus par quoi commencer. Le golem dans la cave ou le mot de passe dans l'étoile ?

— *First*, les affaires, dit Albert.

Il posa sa main ouverte sur le zinc comme s'il attendait que Jean-Hugues y dépose un billet.

— Je veux le mot de passe dans l'étoile.

Surpris, Albert dévisagea enfin le petit prof.

— Tu t'es foutu de ma gueule, l'autre jour, s'enflamma Jean-Hugues. Tu m'as dit que tu n'avais pas fini le jeu !

— Baisse le son, lui ordonna Albert en jetant un coup d'œil inquiet autour de lui. Je n'ai pas fini le jeu, c'est la vérité.

— Et la séquence avec l'étoile ? Qu'est-ce que ça veut dire : « Je suis celui qui est autrement appelé » ?

Albert adressa une grimace à sa tasse de café.

— Mais c'est quoi, c'te merde ? cria un des joueurs.

Tout le webbar poussa un « ah ! » de désolation. La partie venait d'être interrompue.

— C'est encore ce jeu qui squatte, remarqua la serveuse.

Et tout le webbar de s'écrier : « Golemmm ! » Albert pivota sur son tabouret et murmura :

— On s'arrache.

Sur son passage, les joueurs le saluèrent :

— Atcha, Freeman !

En réponse, Albert leva la main comme un Indien dans un western. Une fois dans la rue, il cracha loin devant lui ce qui restait de l'allumette mâchouillée. Jean-Hugues l'observait, ébahi. Ce génie de l'informatique aux allures de racaille lui en imposait malgré lui.

— Vas-y, lui dit Albert. Envoie ton délire. Une étoile dans un mot de passe, c'est ça ?

— Non, le contraire...

Le jeune prof décrivit toute la séquence et répéta encore une fois l'énigme.

— « Je suis celui qui est autrement appelé », ricana Albert. Faut arrêter de fumer la moquette, mon vieux.

Exaspéré, Jean-Hugues l'attrapa au collet. Albert ne broncha pas mais afficha un air apitoyé. Il faisait une tête de plus. En réalité, il commençait à prendre au sérieux ce que lui racontait le prof.

— Je te crois, laissa-t-il tomber. Mais crois-moi aussi. Je n'ai pas programmé la scène que tu as vue.

— Mais alors qui ?

Ils se remirent à marcher, côte à côte, vers le domicile de Jean-Hugues.

— Cette séquence n'a l'air d'exister que sur mon ordinateur, réfléchit Albert. Quelqu'un a dû le trafiquer quand j'étais encore au siège de la MC.

Il en avait déjà eu le pressentiment. Là, cela devenait une certitude. On avait bidouillé dans son dos.

— Mais qui ? insista Jean-Hugues.

— Ça, mon petit bonhomme, si je le savais, j'irais lui dire deux mots.

Jean-Hugues encaissa le « petit bonhomme » en silence. Albert avait tort de le sous-estimer et il le lui prouverait.

— Victor Dalmart ! s'écria Albert.

— Ce serait lui ?

Albert hocha la tête, incertain. Il n'avait pas oublié cet informaticien extrêmement brillant qui travaillait à Gruyères, dans un bureau voisin du sien. Ce type posait beaucoup de questions. Beaucoup trop. Et il avait disparu, un beau matin. Personne n'avait su dire s'il avait fini son contrat ou s'il avait été licencié pour faute professionnelle.

— Il habite à Nuits-Saint-Georges, se souvint Albert.

Ils étaient à présent au pied de l'immeuble de Jean-Hugues. Albert savait que ce n'était pas prudent. Mais il avait très envie de prendre une douche.

— Il faut que je trouve le numéro de téléphone de Dalmart, dit-il à Jean-Hugues. On peut faire ça de chez vous ?

Il redevenait poli. Il lui fallait ménager le petit prof.

— Vous avez de la chance que ma mère soit absente, remarqua candidement Jean-Hugues.

— Oh, oh, s'amusa Albert. On habite chez maman ?

C'était plus fort que lui. Il saisissait toutes les occasions de ridiculiser le jeune homme. Il ne pouvait s'empêcher de penser que Nadia Martin était amoureuse de lui.

Dès que Jean-Hugues eut trouvé le numéro de Dalmart sur le Minitel, Albert pianota sur les touches du téléphone.

— Allô ? fit une voix féminine.

— Mme Dalmart ?

— Sa fille. Qui est à l'appareil ?

— Un... un ami de votre père, répondit Albert. Victor est là ?

Il y eut un silence.

— Mais papa... mon père est mort. Vous souhaitez parler à ma mère ?

— Heu, non, non, bégaya Albert. Je suis désolé. Je n'étais pas au courant. Il avait l'air en bonne santé la dernière fois que...

— Il a eu un accident de voiture. Il revenait de Suisse.

— Ah ? Tiens... Je veux dire : toutes mes condoléances.

Albert raccrocha en marmonnant : « Il revenait de Suisse. » Il regarda Jean-Hugues.

— Pas de chance. Il est mort.

— J'avais compris. Albert, il se passe des choses incroyables. Il faut que je vous parle. Dans les caves des...

— Moi aussi, je dois vous parler, l'interrompit Albert. De la MC.

CHAPITRE II

EH BIEN, PARLONS-EN…

La MC! Jusqu'à ce jour, pour Klaus l'albinos, ce sigle symbolisait simplement le commanditaire de vols ou de meurtres à effectuer. Mais, cette fois, il allait rencontrer l'homme qui se cachait derrière ces deux lettres et la perspective ne le réjouissait pas vraiment.

L'hélicoptère de la MC survolait les Alpes suisses d'un peu trop près au goût de Klaus. Sanglé à ses côtés dans l'étroit cockpit, Jason ne faisait rien pour le mettre à l'aise. Le pilote américain était intarissable. Au bout de vingt minutes de vol, Klaus savait tout de ses exploits passés, de ses rase-mottes acrobatiques au-dessus des nids de Vietcongs, de ses missions de sauvetage sur des plates-formes pétrolières en péril.

— La vie de pilote privé doit vous paraître bien calme, dit Klaus.

— Yeah! Yeah! fit Jason sans cesser de mâchouiller son cigare éteint. Mais il y a encore des opérations spéciales!

Klaus évita de demander des précisions. Mais rien à faire, il ne parvenait pas à chasser de son esprit ce que l'Américain lui avait raconté à propos du Vietnam. La façon dont on embarquait des prisonniers viets à bord des hélicos pour les balancer en pleine jungle d'une hauteur de cinq cents mètres. Une opération très spéciale.

— Attention, mister Klaus! Accrochez-vous!

Klaus vit soudain avec effroi la montagne se précipiter vers eux. Un pic énorme se dressait contre le ciel bleu. L'instant d'après, il ne distinguait plus qu'une immense étendue blanche dont l'éclat lui brûla les yeux.

— Yeehee!

Le sommet menaçant sembla basculer sur la gauche. Klaus sentit son estomac lui remonter d'un coup au bord des lèvres. Il reçut comme une gifle les rayons éblouissants du soleil.

Jason riait.

— La dernière fois que j'ai fait ça, la porte était ouverte. J'espère qu'il est tombé dans la neige. Sinon, il a dû se faire très mal. Ha! Ha!

Klaus jugea prudent de ne pas demander *qui* était tombé dans la neige et de trouver la plaisanterie amusante. S'il s'agissait d'une plaisanterie.

L'hélicoptère survolait maintenant de vertes prairies. C'était sur ces pentes que ruminaient les vaches dont le lait permettait la fabrication du célèbre gruyère. Klaus, lui, ruminait son amertume.

Il ne lui restait plus que quelques minutes pour préparer sa défense. Il n'avait pas seulement échoué, il s'était ridiculisé. Le tableau de ses prouesses était accablant. Sa mission ? S'emparer de l'ordinateur bleu Nouvelle Génération, venger Sven et récupérer son téléphone portable, enfin mettre la main sur Albert. Résultat ? Bosses et humiliations.

Il n'y avait qu'une solution : inventer. Malheureusement, Klaus n'avait jamais eu beaucoup d'imagination.

Insensible à la beauté du paysage, Klaus vit apparaître le petit lac alimenté par les eaux de la Sarine et la cité fortifiée que dominait le château des comtes de Gruyères. Jason mit le cap vers le piton double de la dent de Broc. Rien ne pouvait laisser présager que cette paisible vallée abritait le siège de la toute-puissante MC.

Jason posa l'hélicoptère sur le toit de béton du bunker. Klaus sauta et courut tête baissée, poussé vers le sas par les rafales cinglantes que chassaient les pales de l'engin.

L'énorme bâtiment aux trois quarts enterré dans la roche était sous ses pieds. Un compromis entre Fort Knox et le Pentagone.

La porte blindée se referma derrière lui. Klaus n'avait pas été invité à pénétrer dans les lieux par l'entrée réservée aux hôtes de marque. Il y accédait par le monte-charge. La descente fut brève mais vertigineuse.

Un vigile en uniforme l'attendait, revolver bien en évidence sur la hanche.

— Monsieur, vous êtes décoiffé.

Klaus s'empressa de peigner ses cheveux blancs en arrière. Puis il tira sur les manches de sa chemise et jeta un regard critique sur le pli de son pantalon. Faire bonne impression. Que sa tenue soit irréprochable.

Car pour le reste…

Le vigile lui donna l'autorisation de franchir la porte vitrée qui menait au hall. « J'y suis, songea Klaus. J'y suis et je suis toujours vivant. S'ils avaient voulu se débarrasser de moi, l'Amerloque m'aurait balancé sur un glacier. »

Chaque plante verte était une forêt de micros. Au-dessus de chaque tableau luisait l'œil d'une caméra. Klaus se composa un sourire détendu et s'efforça de respirer lentement. La légende disait que tous les visiteurs dont le cœur dépassait les 90 pulsations minute étaient abattus sur-le-champ.

Sa carte à puce à la main, Klaus se dirigea vers le fond du hall. Il introduisit le morceau de plastique dans le lecteur. Un voyant rouge s'alluma. Un déclic annonça l'ouverture de la porte. Klaus pénétra dans un sas nu.

— Bonjour, dit une voix impersonnelle. Bienvenue à la MC.

Un cliquetis fit sursauter Klaus. Il se retourna. Ce n'était rien. Juste une trappe, qui venait de basculer dans la paroi.

— Veuillez déposer vos armes.

L'albinos extirpa le Beretta de sous sa veste. Il s'y attendait, bien sûr, mais ne s'en sépara pas sans regret. À présent, il était vraiment à leur merci.

— Vous n'avez pas déposé toutes vos armes, insista la voix.

Klaus tâta ses poches, trouva le couteau.

— Merci. La MC vous souhaite un agréable séjour dans ses murs.

« Et moi donc ! » songea Klaus. Mais il n'y croyait pas trop.

Le sas menait au poste de surveillance n° 1. Une pièce carrée dont la seule fenêtre était munie de barreaux. Trois gardiens l'accueillirent. Le premier lui prit la main et appliqua son pouce sur un tampon encreur pour prendre son empreinte.

Le deuxième le fouilla. Le troisième glissa dans une grande enveloppe le médiocre butin de son collègue : un briquet, une lime à ongles en carton, une montre et un trousseau de clés.

— Vous avez douze heures pour récupérer ces objets, le prévint le troisième gardien. Passé ce délai, ils seront détruits.

Klaus traduisit instantanément : « Si je n'ai pas quitté le siège dans douze heures, JE serai détruit. »

Voyant s'ébranler la colossale porte blindée actionnée par des vérins hydrauliques, Klaus ne put s'empêcher d'éprouver un sentiment d'admiration à l'égard d'Albert. Comment ce type avait-il pu filer sans alerter la surveillance ?

Klaus était maintenant dans le hall principal. Une hôtesse l'attendait derrière un bureau, un sourire mécanique plaqué sur les lèvres.

— Votre carte, s'il vous plaît.

L'hôtesse tapota sur le clavier de son ordinateur. Un autocollant portant un code-barres sortit de son imprimante. Elle le colla sur un badge « visiteur » et le tendit à Klaus.

— Je ne suis pas un visiteur, protesta Klaus.

Une expression d'effroi passa sur le visage de l'hôtesse.

— Je m'excuse… je… c'est une erreur regrettable. Il y a un reflet sur la touche, vous comprenez.

Elle jetait de petits coups d'œil affolés vers le plafond percé de caméras. Le mauvais badge passa à la broyeuse.

— Voilà, monsieur.

Le sourire MC avait fait sa réapparition sur la figure blême de l'hôtesse.

— Suivez la ligne rouge, dit-elle. Présentez votre badge *employé* devant l'écran, au fond du hall. Bon séjour à la MC, monsieur.

Klaus pénétrait à présent dans le cœur du système.

Il s'engagea sur une passerelle qui offrait une vue imprenable sur les petites cages de verre où travaillaient les employés de la Mondial Company. À l'intérieur de ces prisons transparentes, aucun de leurs gestes ne pouvait échapper à la surveillance. Dans les profondeurs du bâtiment, des équipes se relayaient derrière les écrans du centre de contrôle.

Klaus se demanda si M. William avait le sens de l'humour. Sinon, pourquoi aurait-il choisi Gruyères pour installer le siège de MC ? Sûr qu'il n'y avait pas de trou dans ce gruyère-là ! Mais comment diable Albert avait-il fait ?

Sur sa gauche, le couloir menait aux entrepôts. C'était là que les ordinateurs étaient testés une dernière fois avant d'être expédiés dans le monde entier. Et c'était de là que le modèle Nouvelle Génération bleu électrique était parti. Voilà tout ce que savait Klaus. Ce petit futé d'Albert l'avait caché dans une cargaison destinée au dépôt de Saint-Ouen. Puis un imbécile l'avait fait livrer par erreur au jeune Badach des Quatre-Cents. Enfin, par erreur… il était permis d'en douter. Comment avait-on pu envoyer une machine de ce prix dans une cité de métèques ? Cette pensée regonfla Klaus. Voilà ce qu'il allait dire : c'était un complot.

La ligne rouge le conduisit au seuil d'une porte de bois. Une simple porte de bois. Mais Klaus ne doutait pas qu'elle était à l'épreuve des missiles atomiques. Là commençaient les appartements privés de M. William. Il sentit son pouls s'accélérer.

Quand les deux battants de la porte s'écartèrent, il découvrit une pièce pareille au salon d'attente d'un dentiste. À un détail près : tous les meubles étaient vissés au sol. Pour le cas où l'on aurait voulu assommer M. William avec un lampadaire ?

Klaus s'attendait à être accueilli par un escadron armé jusqu'aux dents. Le petit homme à lunettes qui entra ne portait pas d'uniforme mais une blouse blanche.

— Docteur Glockenspiel. Veuillez me suivre, dit-il d'un ton mi-jovial mi-professionnel.

Stupéfait, Klaus pénétra dans un cabinet blanc où régnait une odeur de désinfectant.

— Asseyez-vous.

Klaus prit place dans le vaste fauteuil incliné, contemplant avec angoisse l'appareillage suspendu au-dessus de sa tête.

— Vous n'allez pas me…

Klaus s'interrompit. Il avait failli dire : me torturer.

— Il n'y en a que pour un instant, le rassura Glockenspiel.

Il appuya sur un bouton. Klaus retint un cri de surprise. Le fauteuil bascula vers l'arrière tandis que descendait au-dessus de lui un casque évoquant les séchoirs des salons de coiffure pour dames.

— On ne bouge plus, fit le docteur. Et voilà. Juste une petite radio.

— Une radio ? répéta Klaus.

— Simple précaution. Une dose de cyanure dans une dent creuse, ce sont des choses qu'on a déjà vues. Relevez votre manche.

Le docteur Glockenspiel tenait une seringue à la main. Un mot terrifiant continuait de résonner sous le crâne de Klaus : cyanure.

— Qu'est-ce que vous allez me faire ? gémit-il.

— Trois fois rien. Quelques gouttes de sang.

— Aïe !

L'aiguille s'était plantée dans la veine de son bras.

— Je vous abandonne un instant, annonça le docteur en contemplant d'un air satisfait le contenu rouge de la seringue.

Klaus connut cinq longues minutes de pure terreur, convaincu qu'un poison mortel était à l'œuvre dans son corps. Pourquoi avait-il les tempes en feu et les pieds glacés, pourquoi avait-il tant de mal à respirer, est-ce que son cœur n'était pas en train de ralentir ?

— Tout est en ordre, jeune homme !

Klaus sursauta. Glockenspiel était de retour, un large sourire aux lèvres.

— Vous comprenez, lui confia le médecin, M. William n'a jamais eu les oreillons. Ni la rougeole. Nous devons lui éviter tout risque de contagion.

Glockenspiel reconduisit Klaus jusqu'à la sortie de son cabinet. Là reprenait la ligne rouge.

L'albinos la suivit. Une dernière porte. Un dernier message venu de nulle part :

— Avancez jusqu'au cercle blanc. Entrez dans le cercle blanc. Ne le quittez plus. Ne faites aucun geste brusque. Ne parlez que lorsque vous y serez invité.

Klaus se trouvait maintenant au centre d'une salle aux murs couverts de fresques multicolores célébrant les produits vedettes de la MC. Levant les yeux, il vit briller le vert fluo d'un pot de pâte à prout géant d'un réalisme saisissant.

Un curieux bruit de roulettes annonça de loin l'arrivée de M. William. Le big boss de la MC fit son apparition, flanqué d'Orwell, son majordome britannique.

Klaus ne put réprimer un tressaillement. Ainsi, ce qu'on murmurait était vrai. M. William était infirme et se déplaçait dans un extravagant véhicule évoquant de façon irrésistible un youpala d'enfant.

Mais un youpala motorisé, de la taille d'une Smart. Avec beaucoup plus d'options. À son gré, M. William pouvait piloter l'engin ou avancer en faisant trottiner ses petites jambes. Des jambes qui ne portaient plus son corps de bébé obèse, un mètre cinquante et cent quarante kilos.

34

Avec son crâne chauve et sa figure poupine, le boss n'avait pas d'âge. Klaus le vit ouvrir grand la bouche pour engloutir une poignée de friandises roses. Il mastiqua un instant puis les recracha.

— Ce n'est pas bon ! trépigna-t-il. Les fraises MC ne sont pas bonnes ! Elles ne valent pas les Tagada. Je suis humilié !

— Monsieur William, glissa Orwell, je crois que Klaus…

Le majordome était aussi grand et maigre que son patron était court et gras.

— Silence !

Le boss enfonça de ses doigts boudinés quelques touches d'un clavier.

— Je veux Tagada ! fit-il d'une voix geignarde.

— Vous en aurez des kilos, promit Orwell.

— Des kilos ? Dans quel monde vivez-vous, Orwell ? Je ne veux pas des Tagada, je veux Tagada. Voilà. L'ordre est passé. Leur prix sera le mien. Tous les enfants du monde mangeront des Mondial Tagada.

— C'est une merveilleuse nouvelle, convint Orwell. Mais notre ami Klaus va s'impatienter.

M. William leva les yeux et sembla découvrir la présence de l'albinos. Klaus se raidit et claqua des talons. Une vieille habitude germanique.

— M. William écoute votre rapport, dit Orwell.

Klaus se racla la gorge et commença :

— L'ordinateur Nouvelle Génération se trouve dans un immeuble de la cité des Quatre-Cents. Je l'ai formellement localisé dans l'appartement d'une famille d'origine nord-africaine, les Badach.

— Pas de discours, intervint Orwell d'une voix douce. Nous savons déjà tout cela.

— Euh oui, bien sûr.

— Ce que monsieur William se demande, c'est pourquoi vous ne l'avez pas encore récupéré. Puisque vous savez où il est.

— J'ai été lâchement assailli par derrière. Je soupçonne le traître Albert d'être à l'origine de cette agression.

— Vous étiez deux, fit remarquer perfidement Orwell, deux hommes armés et entraînés.

— Je le veux ! s'écria soudain M. William. Je veux Albert !

Puis le gros homme retomba dans l'apathie, contemplant les petits écrans de sa console.

— Je l'ai repéré, dit Klaus. Il était au Mondiorama. Je le tenais… presque. Mais je dois vous dire…

— Oui, Klaus ?

L'albinos savait qu'il lui fallait à présent trouver les mots justes.

— Nous avons affaire à un complot, une bande organisée, un véritable réseau.

— Vraiment ?

— Ils sont huit, dix, je ne sais plus... tous des Arabes... des assassins... j'ai les noms... avec un chien énorme, une brute enragée... Je... je m'en suis sorti de justesse...

— Vous avez les noms ? demanda M. William, soudain intéressé.

— Oui. Brutus. C'est le chien. Brutus, j'en suis sûr.

— Ça y est ! hurla M. William en tapotant un écran du doigt. Ça y est ! Je la tiens, Orwell. Elle y est retournée. Trois fois en deux heures. Ce n'est pas syndical, ça. Ha ! Ha ! Je la tiens, Orwell.

— Oui, monsieur William.

— Son dossier, vite, son dossier !

Jubilant, M. William faisait tournoyer son youpala électrique tout en frappant sur son clavier. Klaus demeura interloqué tandis que le big boss clamait le résultat de ses recherches :

— Vaccinations en règle, pas de fiancé... euh, voyons... allergique à l'angora... joue à la loterie sur l'Internet... danse la rumba... ne prend jamais de céleri rémoulade à la cantine... ah ! ah ! vous entendez, Orwell, pas de céleri... appelle sa mère sur son portable pendant les heures de travail… Elle est cuite !

Un éclair traversa le cerveau de Klaus.

— Le portable !

— Oui, Klaus, dit patiemment Orwell.

— Le portable de Sven. Je sais où il est. J'ai le nom ! Ben Azet, Samir Ben Azet. C'est lui qui l'a volé. Un môme, un voyou de banlieue.

— Bien, souffla Orwell. Nous progressons enfin.

M. William semblait réfléchir intensément.

— Ben Azet… Samir Ben Azet, répéta-t-il d'un ton songeur.

Il hocha longuement la tête. Puis le verdict tomba.

— Tuez-le.

— C'est… c'est un gosse, protesta Klaus.

M. William se composa une mine attendrie.

— Oh… un enfant. Eh bien, tuez-le… gentiment.

En quête de secours, l'albinos lança un regard désespéré vers Orwell. Le majordome haussa les épaules.

— Ce téléphone contient des informations ultra-secrètes, dit-il. Tous les contacts de Sven y sont. Autant livrer à nos ennemis l'organigramme de nos services de sécurité. Il nous le faut, Klaus.

— Vous l'aurez, monsieur. Laissez-moi encore une chance, je vous jure que vous l'aurez.

— Licenciée ! ordonna M. William.

Klaus frémit puis comprit qu'il ne s'agissait pas de lui.

— Orwell, virez-moi cette fille !

— Bien, monsieur William.

— Je crois que je vais rentrer à pied.

M. William agita ses petites jambes pour faire pivoter le youpala et s'éloigna en trottinant vers ses appartements.

— Et qu'on m'apporte la tête de Ben Azet ! hurla-t-il.

— Je vous raccompagne, dit Orwell à Klaus.

Le majordome ne dépassa pas le seuil de la salle.

— Ça m'ennuie un peu, pour le petit Arabe, confessa Klaus. J'ai pas l'habitude de buter des mômes.

— M. William s'emporte vite. Je vais essayer d'arranger ça. Nous ne voulons pas d'ennuis avec les autorités françaises, n'est-ce pas ?

— Non.

— Rapportez-nous l'ordinateur, le portable et notre ami Albert. Vivant, Albert. Je ne pourrai plus vous couvrir très longtemps, Klaus. Il serait préférable que vous réussissiez, cette fois. Suis-je clair ?

— Oui, monsieur Orwell. Merci, monsieur Orwell.

Le majordome se fendit d'un sourire bienveillant.

— Je vais vous envoyer quelqu'un en renfort. Un type formé dans nos services. Vous en serez content… Je vous laisse. Il faut que j'appelle le responsable du personnel.

— Ah oui… le licenciement. Qui donc ?

— L'hôtesse d'accueil. Vous avez dû la voir. M. William a remarqué qu'elle s'absentait plusieurs fois par jour pour aller aux toilettes. Rassurez-vous, ce n'est qu'un *simple* licenciement…

Klaus saisit la nuance. L'hôtesse aurait encore l'occasion de danser la rumba.

CHAPITRE III

GOLEM NATACHA

— Je les crois capables de tout, commença Albert.

Il aurait autant aimé taire ce qu'il savait de son ancien employeur. Mais il devait mettre Jean-Hugues en garde contre la MC.

— Je ne sais pas si vous avez déjà entendu parler de M. William ?

Jean-Hugues poussa un soupir excédé.

— Mais on s'en fout de votre William ! Moi, dans les caves des Colibris, j'ai…

— Vous avez tort de vous en foutre, le coupa Albert. Vous le trouverez peut-être sur votre chemin. On ne sait pas d'où sort ce type. Mais c'est un malade mental. Je ne l'ai jamais rencontré. Peu de gens le connaissent. Dalmart l'a vu, un jour, et il est venu m'en parler. Il était terrorisé. C'est un fou pervers.

Jean-Hugues haussa les épaules. Là n'était pas le problème puisque dans les caves des Colibris…

— Mais vous ne comprenez pas ce que je vous dis ! hurla Albert. Dalmart a été assassiné. Une vie de plus ou de moins, pour la MC, ça ne coûte rien. Moi aussi, si j'avais terminé Golem dans les locaux de Gruyères, j'aurais eu un accident en revenant de Suisse. J'en suis sûr ! Ils ne veulent pas qu'on sache ce qu'ils font. Enfin, pas *tout* ce qu'ils font.

Jean-Hugues finit par écouter Albert. Ce que faisaient les MC ? Il le savait, lui. Ils préparaient une nouvelle génération de jeux vidéo totalement interactifs. Joke était un robot mille fois plus performant que le Furby ou Aibo, les cyberanimaux récemment lancés sur le marché.

— Je dois vous dire quelque chose d'incroyable, murmura Jean-Hugues.

— Là, là ! s'écria Albert, en désignant l'écran du doigt.

Golem venait d'y apparaître, s'ouvrant sur la scène qu'Albert prétendait n'avoir pas conçue. La nuit étoilée, l'étoile qui grossissait, le bruit de machine à écrire, puis l'énigme :

JE SUIS CELUI QUI EST AUTREMENT APPELÉ.

— « Je suis celui qui est », commenta Jean-Hugues, ça ressemble à une formule biblique. On pourrait penser à Dieu.

— Il manque une lettre. Satan conviendrait mieux. « Autrement appelé » voudrait dire que c'est le contraire de Dieu.

Nerveusement, Albert tapa les cinq lettres de Satan sur le clavier. Sans le moindre résultat.

— Le mythe du golem nous vient de la tradition juive, remarqua Jean-Hugues.

— Je sais, merci. Oh… attendez… Yahvé ! s'exclama Albert.

Il essaya. Mais en vain.

— C'est énervant, ce machin. « Celui qui est », chez votre copain Majid, c'est Allah.

Il tapa « Allah ». Bizarrement, le A et le L s'affichèrent sur l'écran dans deux cases vides.

— Bonne pioche, se complimenta Albert. Al… al… Alors quoi ? Albert ?

Machinalement, Jean-Hugues avait attrapé son dictionnaire pour y chercher l'inspiration : album, alèse, algue, alias, alibi…

— Ce ne sont pas forcément les premières lettres, soupira Albert.

Jean-Hugues eut la soudaine sensation d'avoir entr'aperçu la vérité. C'était là, sur cette double page.

— Alias ! hurla-t-il. « Alias : autrement appelé ». C'est la définition ! « Jean-Baptiste Poquelin alias Molière. »

— Cinq lettres, ça colle, approuva Albert.

Tous deux hésitaient à taper le mot sur le clavier. Pourtant, le jeu pouvait se désinstaller d'un moment à l'autre. Jean-Hugues alias Caliméro se sentait comme engourdi. Il ne savait pas s'il avait peur de se tromper ou peur d'avoir trouvé. Albert se décida et épela solennellement chaque lettre tout en les frappant :

— A… L… I… A… S… Jackpot !

Le mot de passe s'était inscrit dans l'étoile. Le bruit de machine à écrire se fit entendre et le message, déjà apparu au tout début du jeu, s'afficha sur l'écran :

ENTRE TON NOM

— En cours de partie ? s'étonna Albert.

Jean-Hugues fit un geste pour intervenir. Mais trop tard. Albert avait déjà entré son nom. Le jeu émit alors un petit plouich très décevant et l'ordinateur s'éteignit.

— Non, mais vous avez vu ça ? s'indigna Albert.

— Il n'en fait qu'à sa tête, répondit Jean-Hugues, pas mécontent.

Albert relança l'ordinateur et tripatouilla le clavier. Mais Golem ne revint pas.

— Il faut que je comprenne ! s'excita Albert. Je ne peux même plus commander à mon propre ordinateur, accéder à mes propres fichiers. Tout est bloqué.

— Ma mère ne va pas tarder à rentrer, mentit Jean-Hugues.

— Il y avait un type très fort à la MC, plus fort que ce pauvre Dalmart. Giraud. On fait appel à lui dans le monde entier. Il s'occupe des systèmes de sécurité. Il m'avait dit de me méfier. Il pourrait nous aider. Le problème, c'est qu'il s'est volatilisé du jour au lendemain. Prudent, Giraud. Ou mort.

— Mais on s'en fout, geignit Jean-Hugues. Ma mère va rentrer.

Albert lui mit la main sous le nez :

— Vous auriez bien une petite pièce pour un génie dans le besoin ? C'est ça ou je reste.

Jean-Hugues alla chercher son portefeuille et en sortit un billet de cinquante euros. Albert le prit et en attrapa un second.

— Mais arrêtez ! Je n'ai pas les moyens de…

— Pleure pas. Tu n'es pas SDF, toi. Et je suis sûr que c'est maman qui paye le loyer.

Albert s'éloigna en agitant les billets à bout de bras.

— Crétin, fit Jean-Hugues entre ses dents.

Mais il était soulagé de lui voir les talons.

Il s'assit en face de son ordinateur. Il y passerait le temps qu'il faudrait, la soirée et la nuit. Golem, tôt ou tard, reviendrait.

Vers vingt-deux heures, la faim le fit se précipiter vers le réfrigérateur. Il brancha la machine à café dans son bureau et commença à s'intoxiquer à la caféine. Il tiendrait. Vers deux heures du matin, il se mit à dodeliner de la tête au-dessus de son bouquin.

— Une tasse de café ? lui proposa sa mère.

— Non, non, merci.

— C'est du vrai café, il n'y a pas de lézard.

— Pourquoi tu me parles de lézard ?

Jean-Hugues tressaillit. Il s'était assoupi et un léger bruit l'avait éveillé. Était-ce l'ordinateur ou la machine à café ? Silence dans la maison. Juste cette drôle d'odeur. Jean-Hugues reprit son roman avec un soupir de fatigue. Quelques minutes plus tard, il leva distraitement les yeux vers son écran et étouffa un cri. Golem était là. La route, l'étoile, l'énigme. Jean-Hugues tapa le mot de passe : ALIAS. En réponse, l'ordinateur afficha une nouvelle fois :

ENTRE TON NOM.

Jean-Hugues savait que, pour le jeu, il était lui aussi « autrement appelé ». Il entra donc son nom de joueur dans le cartouche :

CALIMÉRO

Aussitôt, Natacha apparut, mais pas Natacha l'aguicheuse. C'était Natacha la guerrière, les mains sur le dégom-laser. Un rectangle blanc se dessina autour d'elle puis elle disparut à demi derrière un fin quadrillage. Jean-Hugues fronça les sourcils, se demandant quel traitement allait subir sa golémette emprisonnée.

Soudain, les haut-parleurs laissèrent passer un bruit de souffle puissant, comme si une ventilation se mettait en marche. De l'écran jaillit un rayon, pareil au faisceau laser qui sort de l'épée de Luke Skywalker, et avec le même bruit de gros bourdon. Wizzz. Jean-Hugues se dressa en repoussant son fauteuil à roulettes qui alla heurter le guéridon. Un vase s'y trouvait, le vase où Mme de Molenne mettait régulièrement des roses. Il se renversa, répandant l'eau sur la moquette. Le fracas détourna un instant l'attention de Jean-Hugues.

Quand son regard revint se poser sur le faisceau lumineux, il vit que celui-ci projetait une image transparente et quadrillée, parcourue d'un tremblement comme l'air chaud de l'été. C'était l'image, grandeur nature, de Natacha la guerrière. Elle tournait le dos à Jean-Hugues et semblait flotter à quelques centimètres du sol, aussi inconsistante qu'un hologramme. L'ordinateur fit entendre quelques claquements secs. Sous le regard effaré de Jean-Hugues, le quadrillage s'estompa puis disparut. Clac, clac, la mécanique effectuait des mises au point successives. L'hologramme s'était densifié. La lumière ne le traversait plus. Et lentement, telle une nageuse qui peine à revenir vers la rive, Natacha se retourna.

— Maître ? Maître, j'y suis !

La voix sortait de la bouche de Natacha, une voix un peu lointaine et métallique, dont les paroles n'étaient pas tout à fait synchrones avec le mouvement des lèvres. Jean-Hugues s'était plaqué contre le mur, fasciné tout autant que terrorisé. La golémette ne l'avait pas encore vu. Mais était-elle programmée pour voir et identifier le monde réel ?

Le rayon laser repartit alors dans l'ordinateur avec un bruit très bref d'aspiration. Natacha poussa un cri entre douleur et libération. Elle se saisit de son dégom-laser et, dans une pose de chasseuse à l'affût, elle examina la pièce. Droite, gauche…

— C'est moi ! hurla Jean-Hugues.

Il avait vu qu'elle l'avait vu. *Pwijj*, un rayon blanc-bleu jaillit du dégom-laser et vint frapper

Jean-Hugues en plein cœur. Il porta la main à sa poitrine. Un filet de fumée bleue s'échappa de la chemise trouée.

— Mais tu es folle ! cria-t-il. Natacha, c'est moi, ton maître !

Pwijj, pwijj… Heureusement, il s'était baissé. Les deux autres traits du dégom-laser touchèrent le mur derrière lui. Natacha avait l'air désorienté. Dans le jeu vidéo, chaque tir de son arme explosait un adversaire.

— Je ne suis pas un Malfaisant ! Je suis Jean-Hugues ! Jean-Hugues !

Il paniquait. D'un geste désinvolte, Natacha avait balancé l'arme dans son dos. Elle s'avança, genoux souples, mains en avant, prêtes à hacher l'ennemi. Septième dan de karaté !

— Je t'ai créée ! hurla Jean-Hugues. Je suis ton maître. Je suis Caliméro !

— Caliméro ? fit la voix robotisée.

Dans les yeux d'un vert minéral s'allumèrent quelques paillettes. Y avait-il à l'intérieur de ce regard une caméra reliée à l'ordinateur ?

— Caliméro est notre allié, fit la golémette avec l'intonation d'une mauvaise actrice.

— Oui, c'est ça, Caliméro est notre allié, confirma Jean-Hugues.

Le robot ne pouvait sans doute pas s'adapter à la situation et le plus sûr était de lui renvoyer ses propres paroles. Jean-Hugues avait lu dans un *Joystick* qu'il fallait des heures d'entraînement pour que Aibo, le cyber toutou, associe le mot « balle » à l'objet « balle ». Natacha semblait comprendre la phrase : « Caliméro est notre allié », mais elle n'associait sûrement pas l'image de Jean-Hugues, enregistrée par la caméra, avec le nom de Caliméro.

— Caliméro est notre allié, répéta Jean-Hugues.

Cette phrase semblait désarmer la guerrière. Était-elle apprivoisable comme Aibo ? À cette pensée, Jean-Hugues disjoncta.

— Je t'aime ! Natacha, je t'aime !

La guerrière reprit sa marche en avant. Elle n'identifiait pas cette phrase ou jugeait l'attitude du jeune homme menaçante. Jean-Hugues tendit les mains :

— Mettons que je n'aie rien dit…

Puis il se plaqua contre le mur, au souvenir de Joke. Si Natacha le touchait, il allait se prendre une sacrée dose de courant. Mais entre Jean-Hugues et la golémette, il y avait une flaque d'eau, l'eau du vase renversé. Dès que Natacha posa le pied sur la moquette détrempée, il en résulta une gerbe d'étincelles. Puis Natacha tout entière crépita. Ensuite, ce fut l'explosion en une myriade d'étoiles. Et plus rien.

— Natacha ?

Jean-Hugues s'agenouilla, passa la main sur la moquette et se prit quelques décharges d'électricité statique. Il resta un moment prostré. Mais une douleur cuisante à la poitrine le fit revenir à lui. D'un geste il ouvrit sa chemise, en faisant sauter les boutons. Il courut vers le miroir et regarda sa blessure. C'était petit comme un trou de cigarette, c'était noir et ça brûlait, là, juste au-dessus du cœur.

— La salope, fit-il rêveusement.

Il souriait. Soudain, il vit ce sourire dans son reflet et, tranquillement, il prit la pose. Les mains glissées dans les poches revolver de son jean, la chemise ouverte sur son cœur blessé, un reste de panique dans ses yeux bleus écarquillés, il avait tout pour plaire. Et pour la première fois de sa vie, il n'avait pas peur de plaire à une fille. Bien sûr, Natacha était virtuelle, mais ce n'était finalement qu'un charme de plus.

Le bruit de machine à écrire le fit se retourner. Un message était en train de s'afficher sur l'écran de l'ordinateur :

```
Golem NATACHA
Taille : à l'échelle.
Motricité : bonne.
Vision : bonne.
```

```
Audition : bonne.
Sensation : médiocre.
Matérialisation : médiocre.
Armement : faible.
Armure d'invincibilité : inopérante.
```

L'ordinateur dressait un constat après la sortie de Natacha. Une dernière ligne s'afficha :

```
Nombre de vies restantes : 4.
```

CHAPITRE IV

LE PORTABLE CHANGE DE MAINS

Le docteur Andrieu était ennuyé. Samir le voyait à la façon dont il gardait ses deux mains crispées sur la mallette noire.

— Mais… ta maman, elle va bien rentrer ?

— Vous pouvez aller voir au *Fontenoy*. Y a une chance, répondit Samir.

— En général, quand les mamans appellent, elles s'arrangent pour être là lorsque le docteur arrive.

— C'est moi qu'ai appelé. Mais j'ai l'argent, vous inquiétez pas. Lulu est vraiment à plat. Il lui faut un remontant, en attendant que je trouve une solution pour la cave. Enfin, c'est un truc… je peux pas vous expliquer.

— Et toi, ça va ? demanda le médecin d'un air préoccupé.

— Oui. À part que c'est bientôt le conseil de classe.

Le docteur Andrieu sourit.

— Bon, allons examiner cette jeune fille.

Sur le seuil de la chambre, le docteur attrapa Samir par le col.

— Je ne pense pas avoir besoin de toi.

— Mais c'est ma sœur ! protesta Samir.

Inflexible, le médecin lui referma la porte au nez. Alors, Samir y colla son oreille.

Pendant de longues minutes, Samir n'entendit rien. Puis Lulu sembla sortir de sa léthargie et Samir perçut le son de sa voix frêle.

— Faut pas l'appeler « monstre », sinon il sera pas content.

Le docteur Andrieu entra aussitôt dans son jeu.

— Nooon, bien sûr. Moi non plus, j'aimerais pas qu'on m'appelle « monstre ». Respire à fond, mon lapin.

— Il tue les méchants, mais moi, il me donne la Force. Faudra que je retourne à la cave. Tu me fais froid avec tes écouteurs.

— Voilà, c'est fini. Tourne-toi sur le côté.

— Est-ce que tu as des gélules électriques pour mon ami ?

Le docteur Andrieu tarda à trouver une réponse.

— Je les laisse dans ma voiture. Elles se rechargent sur la batterie.

« Il sait pas parler aux enfants, ce docteur, songea Samir. Lulu connaît même pas ça, les batteries. »

— Pas du sirop, hein ! commanda Lulu. Ça le fera mourir. C'est trop mouillé, le sirop.

Le docteur Andrieu rouvrit la porte. Quand il s'assit à la table de la salle à manger, il ne souriait plus.

— J'aurais préféré parler à tes parents, marmonna-t-il en sortant une ordonnance de sa mallette.

Il griffonna quelques mots.

— Tu leur diras… hum… qu'il serait sage d'envisager une hospitalisation. Ta petite sœur n'est pas en grande forme, Samir, je te le dis franchement.

Samir leva les yeux au ciel.

— Je le vois bien. Pas besoin d'être pédéraste.

Le médecin resta un instant interloqué avant de rectifier :

— Pédiatre, s'il te plaît.

Le docteur Andrieu mit un point final à ses gribouillages. Samir savait bien que sa mère n'achèterait pas la moitié des médicaments figurant sur la longue liste.

— Je vous ai un peu menti, pour l'argent, dit-il. J'en ai pas.

— Ah ?

— Mais y a moyen de s'arranger. Si ça vous intéresse, je peux vous avoir un autoradio.

Le médecin prit le parti d'en rire.

— Rigolez pas, c'est des bons. Ce qui serait sympa, ce serait de m'avancer la différence. La visite, ça coûte quand même moins que l'autoradio.

Le docteur referma sa mallette d'un claquement sec.

— Ça c'est fort ! s'exclama-t-il. Maintenant, c'est moi qui lui dois de l'argent !

Il se dirigea vers la porte d'un pas raide.

— Que ta mère m'appelle ! lança-t-il sans se retourner. J'ai deux ou trois choses à lui dire.

Samir poussa un soupir vaincu. Les gens devenaient vraiment trop méfiants. Et il n'avait toujours pas le moindre blé pour acheter un remontant à Lulu. Ou des piles à Joke.

Samir chiffonna l'ordonnance d'un geste rageur et alla chercher sa sacoche. Là, dans son bel étui, il conservait le portable découvert auprès de l'inconnu des caves. Un téléphone ultra-moderne comme personne n'en avait jamais vu dans la cité. Un appareil qui ne se déchargeait jamais.

Exactement le genre de piles qu'il faudrait à Joke, se dit Samir. Mais il ne pouvait se résigner à donner le portable en pâture à la créature.

« Tant pis, songea Samir. Je vais le vendre. Les cousins vont craquer, c'est sûr. »

Samir contempla l'appareil rutilant, l'embrassa et le remit dans sa sacoche. C'était son dernier espoir de sauver Lulu.

Nadia Martin fit claquer sa grande règle sur le bureau. Les 5e 6 étaient intenables, ce matin. Impossible de les intéresser aux mystères de la reproduction. La moindre allusion au miracle de la vie faisait ricaner les garçons.

— Eh! Miguel! Ferme ta braguette, on voit ton pistil!

— Ça suffit! hurla Nadia. Sinon, ze vais vous expliquer la reproduction des zéros!

Il y eut une accalmie. Brève. Elle fut brisée par une sonnerie de téléphone. « Allô? Allô? » firent les gamins sur tous les tons.

— Mamadou, c'est pour toi! lança Miguel à tout hasard.

Nadia jaillit de l'estrade, à la recherche de l'insolente mélodie qui, dans sa tête, s'accompagnait des célèbres paroles : « Toréador, prends gaaaarde ! » Il ne lui fut pas difficile de localiser la source de la perturbation. Samir était à plat ventre derrière son bureau, les deux mains plongées dans sa sacoche.

— Ça y est, fit-il en se redressant. Je l'ai arrêté.

— Donne. Donne-moi ça tout de suite !

— Aouah, non ! Je peux pas. Il sonnera plus. Sur la tête de ma mère. Il sonnera plus.

— Donne. Ze confisque.

— C'est les gens, ils font des blagues. C'est une honte. Ils appellent et après c'est de ma faute.

— Les portables sont interdits dans l'enceinte du collèze. Vous le savez très bien. Allez, donne.

— Mais je peux pas, il est à mon père. Sur la tête de…

Nadia leva sa règle, comme si elle s'apprêtait à l'abattre sur le crâne de Samir.

— Mais frappe-moi pas !

— Dépesse-toi, Samir.

Samir agrippa désespérément sa sacoche, en quête d'un argument décisif.

— Ma petite sœur, elle est malade. C'est pour qu'elle m'appelle si elle se sent mal. Le docteur est venu. Il dit que c'est grave.

Nadia tirait sur la sacoche. Samir résista un moment puis lâcha prise. Elle n'avait l'air de rien, la petite prof de SVT. Mais, quand on la poussait à bout, c'était une terreur.

— C'est pour Lulu, gémit Samir.

Il ne mentait pas. Et Nadia avait un cœur de pierre.

— Ne t'inquiète pas. Ze ne vais pas le garder. Monsieur Ben Azet n'a qu'à m'appeler sur ce portable. Ze le lui rendrai en main propre.

— Eh ! c'est quoi, comme marque ? demanda Mamadou. Un TDC ?

Nadia connaissait bien son Samir. Et ses camarades aussi. Il y avait toutes les chances en effet pour que le portable soit un TDC. Tombé Du Camion.

Le bel appareil sonna de nouveau et Nadia poussa un cri de rage.

Klaus pressa la touche rouge de son téléphone. Le môme ne répondait pas.

— Petit crétin ! Sans moi, couic ! Ta tête, qu'il voulait, le gros. Ouais, tu me dois la vie. Alors, réponds !

Klaus se sentait même disposé à donner quelques billets au gamin en échange du portable. Il avait pris la résolution d'opérer avec discrétion. Pas question de débarquer en fanfare chez les Ben Azet.

Il fit redémarrer la Volvo noire. Direction le collège. Avec un peu de chance, il repérerait Samir à la sortie.

Mais quand Klaus passa au ralenti devant l'entrée de l'établissement, Samir était déjà loin. Il marchait sur les dalles de béton de la cité, en compagnie de Sébastien.

— C'est là, annonça Sébastien en tendant le bras.

Les deux garçons contemplèrent un instant la borne où les heureux propriétaires d'une voiture électrique venaient recharger leur batterie.

— Et derrière, avec le drapeau, tu sais ce que c'est ? questionna Samir.

— Le commissariat.

— T'imagines ? ricana Samir. La gueule des flics en nous voyant arriver avec Joke ! Euh… excusez-nous, on vient faire le plein. Ces ecto-plasmes, c'est fou ce que ça consomme !

Sébastien se joignit à son rire.

— Les flics pourraient rien te dire. Si tu gares pas ton golem en double file.

— Arrête.

L'envie de rigoler avait quitté Samir aussi soudainement qu'elle lui était venue.

— Qu'est-ce que t'as ? s'étonna Sébastien.

— Je suis dégoûté de la vie. Le portable ! J'aurais pu le revendre un paquet et acheter des piles à Joke. Si je la serre, c'te pouf de Martin, sur la tête à ma sœur…

— Le plus pressé, l'interrompit Sébastien, c'est sortir Joke de la cave. Et le cacher.

— Y a pas un endroit chez toi ?

— Dans mon lit, si tu veux, répondit Sébastien. Comme ça, je pourrai lire la nuit.

Samir et Sébastien traversèrent les Quatre-Cents à pas lents, passant en revue toutes les solutions qui leur venaient à l'esprit. Ils renoncèrent à la station-service abandonnée, rendez-vous des camés de la cité, et à la décharge municipale, dont les clodos avaient fait leur supermarché.

— Le mieux, dit Samir, ce serait une piaule chez EDF.

— J'ai trouvé ! s'exclama Sébastien. Les carrières. Personne n'y va plus depuis qu'il y a eu un effondrement.

Il donna un coup de poing dans le dos de Samir.

— Les pylônes ! La ligne à haute tension. Elle passe juste là. Il y a de quoi nourrir Joke pendant mille ans.

— Super ! Et on y va comment ? En bus ou en taxi ?

Sébastien se gratta la tête. Le principal inconvénient avec Joke, c'était qu'il éclairait encore plus la nuit que le jour.

— Et puis faut faire vite ! cria Samir. Faut faire vite parce que Lulu, elle va crever dans leur hôpital !

Il passa la manche de sa veste sur ses yeux et Sébastien fit semblant de relacer sa chaussure pour ne pas voir son copain pleurer.

— Je sais ce que je ferais, s'il n'y avait pas Lulu, expliqua Sébastien en se relevant. J'attendrais que Joke soit tout dégonflé. On n'aurait plus qu'à le plier comme un matelas pneumatique. Et… attends ! Je crois que j'y suis. T'es bon en couture, Samir ?

Samir empoigna Sébastien par les cheveux et se mit à le secouer.

— On est potes, maintenant, cracha-t-il. Tu peux me traiter, tu peux me dire bouffon ou enfoiré. Mais personne me dit couturière, personne !

— Arrête ! Mais arrête ! J'ai un plan.

Samir se calma.

— C'est à cause du matelas pneumatique, expliqua Sébastien. Le camping, tu comprends ?

— Non.

Sébastien parut changer brusquement de sujet.

— Tu devrais lire Edgar Poe.

— Je lis jamais, répondit Samir avec la fermeté de celui qui a des principes.

— Tu as tort. Edgar Poe, ça fait peur. Il a écrit une histoire qui s'appelle *La Lettre volée*. Je te la raconte pas. Je te dis juste la moralité : quand tu veux cacher une chose, le mieux c'est que tout le monde la voie.

CHAPITRE V

JOKE DÉMÉNAGE

Aïcha s'arrêta sur le seuil de la salle, le nez froncé par la méfiance. Le CDI était quasi désert. Mlle Dechâtel triait ses fiches en remuant les lèvres, comme une caissière qui fait ses comptes à la fin de la journée. Au fond, près de la fenêtre, Samir et Sébastien feignaient de feuilleter des revues sur une petite table ronde.

Aïcha avança de quelques pas, toujours soupçonneuse. De loin, elle leur lança :

— C'est une blague ?

La documentaliste leva à peine les yeux et fit « chuuu… », comme un ballon qui finit de se dégonfler.

— Non, non, viens, c'est sérieux, certifia Sébastien.

Aïcha approcha encore un peu, pas trop.

— Pourquoi tu m'as demandé si je suis bonne en couture ?

Sébastien quitta sa chaise pour aller prendre la petite Black par le bras.

— On a besoin de toi.

— Toi, j'ai confiance, mais pas Samir, déclara Aïcha. Qu'est-ce que vous me voulez ?

— Regarde.

Sur la table, il y avait un vague dessin sur une feuille de papier.

— On voudrait faire un costume, expliqua Sébastien.

— Un déguisement pour la fête, renchérit Samir.

— Quelle fête ? s'étonna Aïcha.

— Pour la fin de l'année…

Aïcha recula d'un mètre, de nouveau convaincue qu'on se moquait d'elle. Samir et Sébastien échangèrent un regard embarrassé.

— C'est une surprise ! s'exclama Samir. Une surprise des garçons pour les filles. Mais comme on a besoin de toi… Faudra rien dire, hein ?

Aïcha acquiesça prudemment. Puis elle consentit enfin à examiner le dessin.

— C'est un costume de quoi ?

— Un fantôme, répondit Sébastien.

La gamine frissonna. Depuis qu'elle avait vu des fumées inexplicables sur le palier de son appartement, elle n'aimait pas entendre parler de ces choses-là.

— Il faudrait lui faire comme des chaussons pour que ses pieds soient bien enveloppés, lui indiqua Sébastien.

Aïcha gloussa.

— J'ai jamais vu de fantôme avec des chaussons.

— Et sans chaussons, t'en as déjà vu ? riposta Samir.

— Non, convint Aïcha. C'est pour quoi faire, les chiffres ?

— C'est les dimensions, répondit Sébastien.

Aïcha fronça les sourcils.

— Mais il est énorme !

Les deux garçons approuvèrent.

— On va se grimper dessus, dit Samir. Je porterai Sébastien sur mes épaules.

— Et pour les draps ? demanda Aïcha. Je te préviens, ta mère elle va gueuler. Parce qu'ils seront foutus, les draps.

Sébastien ramassa un grand sac à dos de campeur et le posa sur la table.

— On a mieux. On fait un fantôme alien. Argenté. Tu vois ?

Aïcha poussa une exclamation de stupeur et, cette fois, la documentaliste fit « chuuu ! », comme un serpent qui s'est fait marcher sur la queue.

— Je vais niquer la machine à ma mère, reprit Aïcha, tout bas. Qu'est-ce que c'est, ce truc ?

Sébastien déplia un morceau de la feuille dont l'apparence rappelait celle du papier alu.

— Couverture de survie, annonça-t-il fièrement. C'est super pour les randos en montagne. T'as jamais froid avec ça.

— Tu peux y aller, proclama Samir, c'est ignifugé.

— Quoi ?

— Elle connaît même pas le mot ! se moqua Samir (qui le connaissait depuis quelques minutes). Imbrûlable, ça veut dire.

— On a pensé à tout, hein ! se réjouit Sébastien.

— Mais pourquoi ?

— Ben… fit Samir.

— On ne sait jamais, dit Sébastien. S'il y avait un incendie pendant la fête…

Aïcha haussa les épaules. Depuis qu'elle était toute petite, elle rendait service à ceux qui jugeaient son aide utile. Ce qui se produisait tous les jours. Alors, elle ramassa le sac à dos bourré de couvertures ignifugées et elle cessa de poser des questions.

Pour la centième fois depuis qu'il avait embrassé la belle profession d'homme de main, Klaus maudit ses parents. Pourquoi donc l'avaient-ils fait naître albinos, lui dont la vocation était de passer inaperçu ?

Lorsqu'il était entré au *Fontenoy* pour manger un morceau, tout le monde s'était retourné. Maintenant, il se terrait dans un coin obscur de la salle enfumée, le visage caché derrière un journal ouvert.

Klaus s'accordait quelques minutes de répit, le temps de réfléchir sur la stratégie à suivre. Le portable, l'ordinateur bleu, Albert… il courait plusieurs lièvres à la fois. Mais quelque chose lui disait que, s'il arrivait à en attraper un, les autres tomberaient dans sa gibecière.

Et ce type qu'on lui avait promis en renfort qui n'arrivait pas !

Il mordit dans son sandwich, bercé par le ron-ron des conversations autour de lui. Soudain, un nom lui résonna aux oreilles. *Ben Azet*. Ça venait du bar. Pas de doute, le patron avait dit : « Je vous remets ça, monsieur Ben Azet ? » Oui, ça devait être celui-là, l'Arabe au pull vert. Le père du petit Samir. « Et pour madame ? » demanda le patron.

Le père et la mère ! Ils étaient là. La chance était-elle enfin en train de tourner ? Oui, avec un peu de bol, le môme était tout seul à la maison. Klaus ne pouvait pas laisser passer une occasion pareille. Tant pis pour les consignes de prudence. Il jeta un billet sur la table et quitta en hâte le *Fontenoy*.

Sa Volvo était garée à quelques centaines de mètres du bistrot, non loin de l'entrée des Colibris. Klaus s'y glissa, ouvrit la boîte à gants, prit son 357 magnum. Quand il aurait ça sous le museau, le gamin se souviendrait sûrement où il avait mis le portable.

Relevant les yeux, Klaus lâcha une exclamation incrédule. Samir était là, devant lui. Il sortait à l'instant même de son immeuble.

Klaus hésita. Il ne pouvait prendre le risque de lui sauter dessus en un lieu aussi fréquenté. Non. Il allait le suivre. Et qui sait… puisque c'était jour de chance… Peut-être ce brave Samir le conduirait-il à une proie encore plus intéressante ?

Il laissa Samir s'éloigner un peu puis tourna la clé de contact. Rien. Recommença. Toujours rien. Klaus lâcha un juron. Le moteur de la Volvo ne bronchait pas. Il s'acharna pendant quelques secondes encore, voyant avec désespoir s'éloigner la silhouette de Samir. La voiture était comme morte.

Alors, Klaus jaillit hors de sa Volvo noire et se mit à courir à la poursuite du gamin. À l'instant où il se croyait sur le point de le rattraper, il vit

Samir monter dans un bus. Klaus réprima un hurlement de fureur.

Une fois de plus, tout le monde le regardait.

— Alors, lequel tu choisis ? demanda Sébastien.

Samir contempla d'un œil morose les déguisements étalés sur le lit de son ami.

— Zorro, décida-t-il.

— Je l'aurais parié. Bon, moi, je fais Barbe-Noire.

— Lulu a un vieux costume de fée, dit Samir. Avec sa maladie, elle grandit plus. Ça devrait lui aller encore.

Sébastien avait pillé le matériel de camping de ses parents. Dans un grand sac à dos, il entassa les déguisements. Dans un autre, il fourra des paires de bottes et des gants.

— Je prends aussi une corde d'alpinisme, expliqua-t-il. Si Joke est gentil, il se laissera mener en laisse.

Il ajouta des lampes-torches et une bonne provision de piles.

— Pour la route, dit-il. Si Joke a un petit creux.

Les deux garçons échangèrent un regard solennel.

— Je crois qu'on peut y aller, déclara sobrement Sébastien. Prêt ?

Samir grimaça.

Vingt minutes plus tard, ils pénétraient dans l'appartement des Ben Azet, au premier étage des Colibris. Samir alla réveiller Lulu et la força à avaler une poignée de gélules.

— On descend voir Joke, annonça-t-il. Il faut que tu tiennes le coup. Tu te souviens de ce que je t'ai dit ?

— Pour le déménagement ? Je vais être triste si Joke s'en va.

— On l'emmène dans une caverne pleine d'électricité, la rassura Samir. Comme ça, vous serez en superforme tous les deux.

Un doute terrible le saisit soudain. Le lien qui unissait Joke à sa petite sœur résisterait-il à l'éloignement ? Bientôt, ce ne serait plus quelques marches qui les sépareraient mais plus d'un kilomètre…

Samir habilla Lulu d'une robe de tulle rose défraîchie et d'un diadème terni. Puis il endossa sa tenue de Zorro : loup, chapeau et cape.

— Tu es bien déguisé, admira Lulu. Je te reconnais plus.

Barbe-Noire les attendait dans le salon, au milieu d'un amas de sacs.

— Je suis obligé de porter Lulu, dit Samir. Ça va pas être de la tarte. Tiens, prends ça.

Il donna un coup de pied dans un gros objet emballé dans une feuille de plastique. Sébastien le souleva en protestant :

— Eh ! C'est vachement lourd ! Qu'est-ce que c'est, ce machin ?

— Une surprise. N'oublie pas le costume de Joke.

Par bonheur, l'ascenseur fonctionnait. Ils y placèrent le matériel et descendirent.

— Toi, tu fais le guet, ordonna Samir. Je m'occupe du cadenas.

C'était l'heure où le gardien allait à Mondiorama remplir son panier de rouge capsulé. Le hall était tranquille. Un trousseau de clés et de crochets cliquetait dans la main de Samir. Un cadeau des cousins, un jour qu'ils étaient de bonne humeur. D'après eux, avec ça, on pouvait ouvrir 90 % des serrures.

Samir ausculta le cadenas et se mit à l'ouvrage. Trouver la bonne clé ne lui prit que deux ou trois minutes.

— Ça y est ! Dépêchez-vous !

Sébastien referma la lourde porte et alluma une lampe de poche. Dans les couloirs souterrains, la dernière ampoule avait claqué depuis longtemps. Les deux garçons s'équipèrent de façon à se prémunir contre les chocs électriques : bottes et gants de caoutchouc. Lulu attendait, affalée contre un gros sac à dos, en ballerines et robe de fée. Samir la souleva de terre. Sébastien marchait derrière lui, les bras chargés, la lampe entre les dents.

Terré au fond de la cave 401, Joke n'avait jamais été aussi « chmouf » : entre la baudruche fripée et la barbe à papa filandreuse.

Samir reposa sa petite sœur et entreprit de déballer le gros objet qu'il avait fait transporter à Sébastien.

— Joke, regarde, je t'ai apporté ta pâtée.

— On dirait une batterie, dit Sébastien.

— Moi aussi, je réfléchis, mon pote.

— D'où tu sors ça ?

— Je l'ai piquée à un bourge en visite. Il avait qu'à pas garer sa Volvo devant les Colibris.

Samir prit la batterie entre ses mains gantées et approcha prudemment du monstre. Joke avait beau sembler au plus bas, il n'en menait pas large.

— Tranquille, Joke.

Il plaça à quelques mètres de la créature ce morceau de roi et recula précipitamment.

— Sou-soupe ! lança Samir. Allez, viens, viens…

— On n'a plus de force, souffla Lulu, comme si Joke et elle ne faisaient qu'un.

Le monstre déploya sa forme vaporeuse, tel le génie sortant de la lampe d'Aladin.

— C'est dur, gémit Lulu.

Au moment où Joke s'apprêtait à entrer en contact avec la batterie, Samir se coucha sur le sol, serrant sa petite sœur contre lui. Les ténèbres des caves furent balayées par un éclair, semblable à celui d'un flash surpuissant.

— Miam, moi encore faim ! dit Joke.

— Lulu !

Samir appelait à l'aide, terrifié par l'apparition soudaine, au-dessus de lui, de la silhouette palpitante de la créature. Entre les pieds de Joke, la batterie répandait une fumée âcre.

— Tu es gentil ! lui rappela Lulu.

La petite fille fit quelques pas vacillants puis s'élança à la rencontre de son ami.

Sébastien était déjà en train de déplier le costume de fantôme confectionné par Aïcha.

— Explique-lui qu'on l'emmène en promenade, lança-t-il à Lulu. Et qu'un monstre comme il faut ne peut pas sortir tout nu.

— Donne la patte, ordonna Lulu.

— Je t'aime, dit Joke.

— Voilà, certifia la gamine, il a compris.

Aïcha avait bien fait les choses. Son costume n'était pas d'une seule pièce mais composé d'une housse fantomatique et d'une élégante paire de bottines argentées.

Tandis que Lulu parlait à l'oreille de son monstre chéri, Samir et Sébastien entreprirent de chausser les grosses pattes lumineuses.

— Aïcha a eu raison de voir grand, remarqua Sébastien. Il fait au moins du 54.

Il plaisantait mais ses mains gantées de caout-chouc tremblaient.

— Je crois que le gros orteil touche au bout.

Se souvenant d'une séance chez Mondial Chaussures où la vendeuse lui avait refilé des tennis trop petites d'une pointure, il ajouta :

— La matière est souple. Ça se fera aux pieds.

Certes, Joke se montrait remarquablement coopératif. Mais les deux garçons avaient l'impression de devoir habiller la tour Eiffel illuminée.

— Lulu, demanda Samir, dis-lui de se baisser.

— Mais faut juste lui dire, répliqua Lulu. Baisse-toi, Joke.

— C'est la fête ! répondit Joke, un peu limité par le répertoire du Furby qu'il avait avalé.

Docilement, il se baissa, se recroquevilla, se ratatina…

— À mon signal ! commanda Sébastien. Hop !

L'immense poche argentée engloutit la forme boudinée de Joke.

— On devrait pouvoir le toucher sans se prendre cent mille volts dans les gencives, dit Sébastien en tirant prudemment sur le suaire ignifugé. Voilà, mon gros, tu as les yeux en face des trous.

Lulu lui noua des cordelettes autour des chaussons-bottes. Samir passa une corde d'alpinisme autour de sa taille un brin épaisse.

C'est ainsi que Zorro, Barbe-Noire, la princesse Lulu et le fantôme alien sortirent des caves des Colibris.

— C'est idiot, ton histoire de lettre volée, décréta Samir. Plus ça se voit, plus les gens regardent.

L'équipage ne passait pas inaperçu dans les rues des Quatre-Cents.

— Ce n'est pas ce qui m'inquiète, répondit Sébastien. T'as vu le ciel ?

De gros nuages noirs s'amoncelaient au-dessus de la cité. Si le déguisement de Joke n'était pas absolument étanche, si la moindre goutte de pluie le frappait… c'était la catastrophe.

— La tuile ! fit Samir.

Mais il ne regardait pas le ciel. Samir voyait venir à leur rencontre une Mme Badach tout sourire, les bras chargés de sacs Mondiorama.

— Ci toi, Samir ? Ji ti reconnu !

Emmé éclata de rire.

— Et Lulu ! s'extasia-t-elle. Elle marche !

— Oui, hi, hi ! C'est la fête !

Mme Badach leva les yeux vers l'étrange chose qui venait de parler et la contempla avec perplexité.

— Cil plis beau costume, décida-t-elle.

— Excusez-nous, madame, dit précipitamment Sébastien. Il risque de pleuvoir. Faut qu'on se dépêche.

— Amisez-vous bien !

Emmé regarda s'éloigner la petite troupe pendant de longues secondes, l'air songeur.

Qu'est-ce que c'était comme costume ? Un cosmonaute, peut-être ?

Les enfants furent soulagés de laisser derrière eux les rues les plus fréquentées. À la sortie de la cité, sur le parking du garage Roger, un homme aux cheveux blancs jeta sur eux un coup d'œil indifférent. Klaus ne se sentait pas d'humeur à se joindre à un bal costumé. Sa Volvo était immobilisée pour au moins quarante-huit heures. Le temps de faire venir une nouvelle batterie. Heureusement, le collègue promis par la MC était annoncé pour le lendemain. Vu la tournure des événements, ils ne seraient pas trop de deux. Il reçut sur le sommet du crâne une première goutte de pluie. Klaus se réfugia en pestant sous un auvent.

Après la première goutte, il y en eut une seconde. L'averse hésitait à se déclarer. Mais les enfants sentaient bien que Joke commençait à donner des signes de nervosité. L'orage qui s'apprêtait à éclater risquait de lui être fatal.

— On coupe par la décharge ! décida Sébastien.

Ils auraient voulu presser l'allure mais il leur fallait se régler sur la démarche pataude de la créature qu'ils tenaient en laisse. Sous leurs pieds, le terrain commençait à se ramollir, détrempé par une pluie de plus en plus régulière.

Quand le premier éclair claqua, Joke fit un écart brusque et s'agita sous sa housse argentée. Lulu s'agrippa à lui et tenta de le calmer.

— C'est trop fort, l'orage. Faut pas manger les éclairs, sinon tu auras mal au ventre.

Voyant sa petite sœur grelotter sous l'averse, Samir ôta sa cape de Zorro et la lui jeta sur les épaules.

— Il faut qu'on se mette à l'abri ! s'écria Sébastien en fouillant du regard les montagnes de détritus. Il va finir par disjoncter sous cette flotte.

Samir lui désigna la carcasse d'une camionnette.

— Vite !

Il tira sur la portière cabossée.

— Holà ! Qu'est-ce que c'est ? protesta une voix. On frappe avant d'entrer chez les gens.

Un clodo dévisageait Samir de ses petits yeux furieux, une bouteille serrée contre sa poitrine.

— Mais c'est Carnaval ! Et... ouh là, pardon...

Le vieux bonhomme venait d'apercevoir la forme imposante de Joke.

— Monsieur Casimir... soyez le bienvenu dans ma modeste demeure. Entrez, princesse, entrez...

Les enfants hissèrent Joke dans le véhicule bringuebalant. Leur hôte examinait avec curiosité les énormes pieds ronds du monstre, emballés et ficelés comme des œufs de Pâques.

— Une petite goutte, monsieur Casimir ? proposa le clodo en tendant sa bouteille à Joke.

La réaction de Joke fut brutale. Il rua des deux pieds et une partie non protégée de son corps entra en contact avec le clochard. Le malheureux se trouva projeté dans le fond de la fourgonnette.

— Monsieur ? Ça va ? s'inquiéta Sébastien.

L'homme ouvrait des yeux terrifiés. Puis, précipitamment, il rampa vers la portière et se laissa dégringoler dans la boue. Il se releva, jeta un coup d'œil derrière lui et s'éloigna en grommelant :

— V'là que l'orage est entré dans le fourgon.

Une pluie drue tomba pendant une demi-heure. Quand un morceau de ciel bleu réapparut au-dessus des tours de la cité, Sébastien proposa de franchir les dernières centaines de mètres qui les séparaient des carrières.

— On ne peut pas attendre que ça sèche, dit-il. Va falloir faire gaffe aux flaques.

Ils progressèrent avec précaution, contournant les mares d'eau et posant les pieds en douceur sur le terrain fangeux. Ils longèrent les immeubles en démolition qui bordaient la bretelle d'autoroute et, bientôt, se retrouvèrent en pleine campagne. Les fils de la ligne à haute tension au-dessus de leurs têtes leur indiquaient le chemin à suivre.

Des rubans rouges et blancs, tendus entre des piquets, interdisaient l'entrée des carrières. Ce que précisait une pancarte :

ATTENTION !
DANGER D'ÉBOULEMENT

— Il n'y a pas vraiment de risques, certifia Sébastien. Il paraît même qu'ils veulent s'en servir pour des spectacles ou je ne sais quoi.

— C'est là qu'on serait mal, grommela Samir.

Ils conduisirent Joke dans une immense caverne couleur de craie.

— Tu vas être bien, ici, mon gros, dit Sébastien. On dirait que ça a été construit pour toi.

— Soleil levé, cocorico ! répondit Joke.

— Il en a marre de son costume, traduisit Lulu.

Les garçons possédaient maintenant la technique. Le déshabillage du monstre ne leur prit que quelques secondes.

— On te laisse tes chaussons, le prévint Sébastien. C'est encore mouillé par terre.

Samir se tenait sur le seuil de la caverne. Il examinait les pylônes de la ligne à haute tension.

— Faut que je demande aux cousins ! cria-t-il. Ils sont superbons pour bidouiller les compteurs. Peut-être qu'ils sauraient comment pomper du jus… Aouah !

Joke avait surgi derrière Samir. Lui aussi contemplait les longs fils qui striaient le ciel avec intérêt. Pour ne pas dire avec convoitise.

— Joke, non ! hurla Sébastien.

La créature s'était élancée en direction du plus proche pylône. Elle y grimpa comme un singe. En trois secondes, elle fut perchée tout là-haut.

Les trois enfants levèrent instinctivement le bras pour se protéger les yeux. Jamais soleil aussi éblouissant n'avait illuminé la cité et ses environs.

— Mange pas tout ! lui cria Lulu. Tu vas éclater !

CHAPITRE VI

LES BONNES VIEILLES MÉTHODES

La minuscule Mme Lescure buvait son café à toutes petites gorgées en faisant de tout petits gestes.

— Il m'est arrivé de le défendre, dit-elle à Nadia, mais là, je vous donne entièrement raison. Trop c'est trop. Ce Samir passe les bornes.

— Z'ai failli lui fracasser la tête avec ma règle, raconta Nadia.

Elle écarta son gobelet en plastique encore à demi plein et se leva.

— Ils ont un portable mais on ne sait même pas s'il y a quelque chose dans l'assiette pour le dîner, commenta la prof de maths.

— Ze ne me fais pas de souci pour ça, madame Lescure. Samir sait se débrouiller.

Nadia traversa la salle des professeurs pour aller prendre des documents dans son casier. Là, posée sur ses affaires, elle trouva une enveloppe blanche. Elle l'ouvrit et lut les quelques mots rédigés à la main sur un carton blanc.

Je crois que je vous dois des excuses pour l'autre jour. Aurez-vous l'indulgence de me donner une chance de vous les présenter ? Pourquoi pas devant une pizza ?

Albert (l'homme que vous avez voulu dissoudre dans l'acide)

Suivaient les dix chiffres de son numéro de portable.

— Une pizza ! Quel minable !

— Un problème, Nadia ? lui demanda Mme Lescure.

— Non, non, rien.

Nadia fourra le petit mot dans la poche de sa veste, sans comprendre pourquoi elle n'en faisait pas des confettis. Puis elle prit ses dossiers et rentra chez elle.

Le renfort promis par la MC était arrivé depuis quelques heures et, déjà, Klaus regrettait de n'être pas resté seul. Il s'attendait à recevoir l'aide d'un homme aguerri, susceptible de le seconder dans l'action. On lui avait envoyé un type chevelu, mou, gras et sale. Dès que Klaus avait vu Eddie, il avait détesté ce vieil adolescent en chemise à carreaux mal boutonnée et baskets délacées.

Un technicien, lui avait-on annoncé.

Eddie et lui se tenaient à l'arrière d'un véhicule évoquant un car-régie de télévision, avec ses écrans, ses manettes et son antenne parabolique sur le toit. De quoi attirer comme des mouches tous les mômes de la cité.

Eddie lui faisait un cours, parlant comme s'il s'adressait à un débutant.

— Je vais vous montrer comment on retrouve un portable. Vous allez voir, dans cinq minutes, on sait où il est.

Klaus émit un petit bruit de mépris.

— Samir Ben Azet. Treize ans. Élève de 5e 6. Parents alcooliques. Bâtiment les Colibris. 1er étage. Tu crois peut-être que je t'ai attendu, mon gars ?

— Félicitations, monsieur Klaus, répondit le jeune homme d'un ton d'autant plus horripilant qu'il était respectueux. OK, Samir Ben Azet. Dans cinq minutes, je vous dis dans quelle poche il le met.

Klaus haussa les épaules d'un air incrédule.

— Et je vous raconte tout ce qu'il a fait depuis deux jours, ajouta Eddie.

Sur un écran s'affichait un plan de la cité des Quatre-Cents vue de haut. Une petite croix clignotait. Eddie devait s'imaginer qu'il pilotait un avion et qu'il allait dégommer la grande barre des Colibris.

— Les portables émettent en permanence, même quand ils sont éteints, expliqua-t-il. Les bornes reçoivent le signal et le transmettent à France Télécom, qui archive ces données pendant un an.

— Et toi ? demanda Klaus.

Eddie tapota sa console en riant.

— Moi, j'ai accès à tout. Je peux vous dire où se trouve notre ami Samir en ce moment, je peux vous dire où il était hier à 16 h 30, s'il a téléphoné, s'il a reçu des appels, etc.

Le jeune homme composa sur son clavier le numéro du portable dérobé au malheureux Sven. L'image zooma sur un quartier de la ville. Surpris, Klaus la vit s'écarter des grands immeubles de la cité, dériver vers le nord, en direction de la gare RER.

— C'est pas par là, remarqua Klaus. Les Colibris, ce n'est pas dans ce secteur.

— Le gosse a le droit de sortir de chez lui.

Klaus voyait grossir sur l'écran une zone de rues résidentielles, composée de coquets pavillons et de petits immeubles. Dans son esprit, ça ne cadrait pas. Pour lui, un Ben Azet n'avait rien à faire par là. Mais Eddie était un simple technicien.

Il ne réfléchissait pas. Il se fiait aux informations qu'il recevait, un point c'est tout.

— Rue Frédéric-Mistral, annonça le jeune homme.

L'image se précisa encore.

— Voilà. On y est. Numéro 28.

— Et alors ? bougonna Klaus. On est bien avancé.

Une série de noms s'afficha sur l'écran.

— La liste des locataires, dit Eddie. Il y en a huit. Je fais le numéro du portable ?

— Inutile, certifia Klaus. Le gosse ne répond jamais.

Eddie ne se laissa pas décourager. À la troisième sonnerie, l'appel fut accepté.

— Allô ?

Une voix féminine. Eddie fit signe à Klaus qu'il pouvait parler dans le micro placé devant lui. Mais l'albinos était pris au dépourvu.

— Je… euh… bredouilla-t-il, j'ai dû faire une erreur…

— Monsieur Ben Azet ? dit la voix.

— Ben Azet, répéta Klaus, de plus en plus déconcerté.

Il n'eut pas besoin d'en dire plus. Son interlocutrice démarra au quart de tour.

— Ze suis désolée, monsieur Ben Azet, mais vous comprenez, les portables sont interdits dans l'enceinte de l'établissement. Ze crois qu'il fallait donner une petite leçon à Samir mais ze ne voudrais pas que vous pensiez… Z'ai cours avec les 5e 6 demain matin… Ze vais rendre votre téléphone à Samir, bien entendu ! Si vous pouviez veiller à ce qu'il ne l'apporte plus en classe… Z'espère que vous ne m'en voulez pas… c'est le règlement… Monsieur Ben Azet ?

— Euh, oui…

Il y eut un moment de flottement dans le studio ambulant.

— Non, attendez ! s'écria Klaus. Je ne connais même pas votre nom.

— Mademoiselle Martin. La prof de SVT, dit Nadia d'un ton surpris. Samir ne vous a pas dit ?

— Si, bien sûr. Écoutez, mademoiselle Martin, j'ai un besoin urgent de ce téléphone. Mais je ne veux surtout pas vous déranger. Est-ce que vous pouvez vous trouver en bas de chez vous dans une dizaine de minutes ?

— Euh… mais… oui, enfin… oui. D'accord.

Klaus jeta un regard triomphant au jeune Eddie.

— Tu vois, mon garçon, lui dit-il d'un ton indulgent, toute cette belle technique, ça ne sert pas à grand-chose. Dans dix minutes, cette demoiselle nous rendra gentiment le portable. Si je t'avais laissé faire, on serait encore en train d'écouter un de tes foutus satellites, hein ? Les bonnes vieilles méthodes, Eddie. Allez, prends le volant.

Eddie le regardait bizarrement.

— Excusez-moi, monsieur Klaus…

— Quoi ?

— Je crois qu'elle ne vous a pas donné son adresse.

— Mais on l'a ! Rue Frédéric-Mistral. C'est toi qui l'as trouvée. Tu vois, je suis beau joueur, je le reconnais.

— Je le sais bien qu'on l'a. Mais elle ne vous l'a pas donnée.

Klaus avait le teint si pâle qu'il ne pouvait blêmir davantage.

— Je lui dirai que j'ai trouvé son adresse dans l'annuaire ! cria-t-il. Tu m'exaspères à la fin ! Démarre !

Eddie se mit à rouler tout doucement, comme s'il craignait de perdre le fil de ses pensées.

— Elle risque de se méfier, déclara-t-il. Déjà que vous ne connaissiez pas son nom.

— Accélère, bon sang !

Eddie appuya un peu plus fort sur la pédale. À peine.

— C'est arabe, ça, Ben Azet, dit-il. Elle a dû penser que vous n'aviez pas beaucoup d'accent.

— Et alors ? Il y a des Arabes qui s'expriment très correctement. Je te préviens, on n'aime pas trop les racistes, à la MC.

Eddie hocha la tête en signe d'apaisement. Ce qui ne l'empêcha pas de revenir à la charge :

— Et quand elle vous verra ? Est-ce que c'est raciste de dire que vous n'avez pas tellement l'air arabe ?

Klaus adressa au gamin un sourire mauvais.

— T'as rien remarqué ? Les albinos arabes sont aussi blancs que les albinos suédois ou brésiliens. Roule !

Cette fois, Eddie accéléra. Il laissa s'écouler une longue minute avant de lâcher :

— En général, les profs rencontrent les parents d'élèves. Je me demande si elle va vous reconnaître.

Nadia éclata de rire, toute seule sur le trottoir, devant le 28 de la rue Frédéric-Mistral.

— Quelle idiote ! Z'ai oublié de lui donner mon adresse.

Que faire ? Le malheureux Ben Azet pouvait sillonner la ville pendant trois jours avant de la dénicher.

— Si ça se trouve, il n'ose pas rappeler.

Au téléphone, le père de Samir lui avait fait plutôt bonne impression. Pourtant, les informations qui circulaient au collège à propos de la famille Ben Azet n'étaient pas fameuses.

Nadia contemplait le portable avec embarras. Un appareil comme celui-là devait coûter une petite fortune. Elle eut soudain une inspiration. Après quelques essais infructueux, elle trouva la bonne touche, celle qui affichait le répertoire où le propriétaire du téléphone enregistre les numéros de ses correspondants habituels. Souvent, les gens y mémorisent le numéro de leur propre domicile. Nadia appuya deux fois sur la touche *abc*, pour obtenir les *B*, puis fit défiler les noms.

Rien. Pas le moindre Ben. Mais d'autres noms. Nombreux. De toute sorte. Étranges. Certains à consonance germanique, d'autres anglosaxonne. Sans comprendre pourquoi, Nadia se sentit mal à l'aise. Apparemment, M. Ben Azet avait des tas de relations. Vaguement honteuse de se montrer aussi curieuse, elle continua de passer l'annuaire en revue. Elle vit s'inscrire des noms chinois, japonais, indiens…

— Mais non ! s'exclama-t-elle. Azet ! Il faut regarder à la lettre A !

Elle pressa la touche *abc*, une seule fois, pour obtenir la liste des noms commençant par *A*. Le premier nom qui s'inscrivit sur le petit écran lui était familier. Albert.

— Ça c'est drôle !

Et alors ? Les Ben Azet pouvaient bien fréquenter un Albert. Nadia lut le numéro, fronça les sourcils.

Le petit carton blanc se trouvait toujours dans sa poche. Elle y jeta un coup d'œil. Frémit. Le numéro était le même. Quel lien pouvait-il bien y avoir entre ce satané Albert et la famille de Samir ?

« La curiosité me perdra, songea-t-elle. Mais je me demande si je n'ai pas une soudaine envie de pizza. »

« Et puis, si Albert connaît M. Ben Azet, il pourra peut-être me donner le numéro de son domicile. Oui, voilà, c'est pour ça que j'appelle », décida fermement Nadia en appuyant sur la touche verte.

Une voix répondit :

— Allô ?

— Excusez-moi de vous déranzer, commença Nadia, mais…

— Qui appelle ? Qui êtes-vous ?

Nadia sursauta. Le ton était brutal, presque haineux.

— Nadia Martin, vous savez, celle qui…

— D'où appelez-vous ? Qu'est-ce que c'est que cet appareil ?

— Z'ai dû faire une erreur, ze…

— Nadia ? C'est vraiment vous ?

— Mais oui, gémit-elle.

Il y eut un silence. Désemparée, Nadia regarda le mini-car qui se garait en face d'elle le long du trottoir.

— Vous utilisez un appareil de la MC, dit la voix. D'où sortez-vous ce putain d'appareil?

— Ze ne comprends pas. Vous êtes bien… Albert?

— D'où vient cet appareil? hurla Albert.

— Il n'est pas à moi. Ze l'ai confisqué à un élève. Ze dois le rendre à son père. Z'ai rendez-vous avec lui.

— Vous délirez! Nadia, où êtes-vous?

— Mais… dans la rue. Ze crois que c'est lui. Enfin, eux. Ils sont deux. Ils me regardent.

— Qui? Vous les connaissez? Comment sont-ils?

— Il y a un drôle de type, on dirait… un albinos et l'autre…

— Courez! cria Albert.

— Comment?

— Courez, Nadia. Fuyez! Vite!

C'était fou. C'était absurde. Elle aurait dû éclater de rire. Mais, quand elle vit l'albinos tendre le bras vers elle, Nadia se mit à courir.

Il lui suffit de jeter un regard par-dessus son épaule pour apprendre que les deux hommes la poursuivaient. Mais, quand elle était plus jeune, à peine plus jeune, Nadia avait fini quatrième du championnat d'Ile-de-France du soixante mètres plat.

Dans sa main, le portable ressemblait au témoin qu'on se transmet dans les courses de relais. Mais, sur la piste, les bâtons ne parlent pas. Sans ralentir, elle rapprocha l'appareil de son oreille.

— Nadia, où êtes-vous ? Que se passe-t-il ?

Haletante, elle répondit :

— Rue Frédéric-Mistral. Ze ne les vois plus. Ze crois… ze crois… ils sont retournés au minicar.

— Continuez. Courez ! Où êtes-vous ?

Nadia bouscula un brave homme qui promenait son chien.

— Ze… z'arrive place Zean-Moulin.

— Je vous rejoins ! cria Albert. Dirigez-vous vers la gare RER. Vous les voyez ?

— Non !

Nadia faillit se faire renverser par un vélomoteur en traversant la place. Un point douloureux commençait à la tenailler du côté de l'aine.

« Mais pourquoi ne suis-ze pas remontée chez moi ? » se demanda-t-elle.

Elle trébucha, se rattrapa au bras d'une grosse dame aux cheveux mauves. Tout le monde la regardait et elle avait horreur de ça.

— Nadia ? Vous les voyez ?

— Non ! Si ! Ils arrivent !

— Prenez la petite rue. À droite.

— Où ça ? Oui, ze vois !

Elle tourna brusquement. Le conducteur du mini-car se laissa surprendre.

— Ze n'en peux plus…

Nadia marcha pendant quelques mètres puis repartit, stimulée par la voix d'Albert.

— Courez ! Courez, Nadia. Je viens vous chercher. Où êtes-vous ?

— C'est… le boulevard.

— Le boulevard du 11-Novembre ?

— Oui…

— Traversez-le. Allez vers la passerelle. Vous les voyez ?

Nadia jeta un regard éperdu derrière elle. L'antenne parabolique émergeait de la circulation. Le mini-car était coincé.

— Ils sont bloqués. Ils… ils montent sur le trottoir.

— Laissez tomber la passerelle. Vers le rond-point, Nadia. Vite !

Elle courut encore, dix mètres, vingt mètres. S'arrêta, pliée en deux. Elle se redressa, se retourna. Les deux hommes avaient quitté leur véhicule et fonçaient dans sa direction en écartant les passants à grands gestes brutaux.

— Albert… Albert !

Ils étaient là. Nadia vit l'albinos glisser la main dans une poche et sut que dans cette poche il y avait une arme.

— Albert ! gémit-elle.

— Nadia !

Elle ne comprit pas tout de suite que la voix n'avait pas surgi du portable.

— Montez, Nadia, dépêchez-vous !

La portière s'était ouverte au milieu de la chaussée, dans un concert de klaxons et de cris de protestation. Nadia bondit, échappant aux bras tendus d'un gros garçon aux longs cheveux gras. Elle s'engouffra dans la voiture.

Albert démarra, poursuivi par une bordée de jurons.

Albert se faufila dans la circulation, silencieux, l'œil rivé au rétroviseur. Près de lui, Nadia cherchait son souffle, incapable de comprendre comment elle pouvait se trouver là, auprès d'un quasi inconnu, poursuivie par deux tueurs.

Albert ne se détendit que quand il eut laissé loin derrière lui les tours de la cité.

— Est-ce que ze n'ai pas droit à une petite explication ? demanda Nadia d'un ton suppliant.

— Je ne suis pas sûr d'avoir bien suivi le

film moi-même, avoua Albert. Enfin, le principal, c'est de… merde !

Nadia poussa un cri de terreur. Albert venait de la coller à son siège, en accélérant comme un dément. Cent mètres plus loin, il tourna brusquement dans un chemin défoncé. La petite voiture bondissait de bosses en bosses, éjectant dans les fossés des paquets de boue.

— Ils ont mis les techs sur le coup ! Nadia, le portable !

— Les techs ? Qu'est-ce que… ils nous suivent… ils vont nous…

— Le portable ! hurla Albert.

Nadia le plaça dans la main tendue. Albert ralentit un court instant et balança l'appareil dans une flaque d'eau. Dix secondes plus tard, il prit son propre portable et répéta l'opération.

— Mais qu'est-ce que vous faites ? Vous êtes fou !

— Vous ne comprenez donc rien ? rugit Albert. Ils nous tracent. C'est comme si on avait deux balises dans la voiture.

— Attention ! s'affola Nadia.

À l'autre extrémité, le chemin était fermé par une clôture. Albert fonça, emportant pieux et fils barbelés. À gauche, une route sinueuse les conduisit à travers bois. Deux ou trois kilomètres plus loin, Albert leva le pied.

— Ils ont compris que je m'étais débarrassé de mon portable, déclara-t-il soudain. Ils ont dû abandonner la poursuite…

— Ah ?

Nadia prit une profonde inspiration.

— Albert ?

— Oui ?

— Qu'est-ce qu'il m'arrive ? Ze ne comprends rien…

— Mais c'est plutôt moi qui devrais… comment ce portable est-il tombé entre vos mains, hein ? la pressa Albert.

— Ze vous en prie, ne vous énervez pas…

Il ralentit encore. Puis il choisit un sentier et s'enfonça dans la verdure, roulant jusqu'à une clairière inondée de soleil.

— Nadia, dit-il avec douceur, c'était un appareil de la MC.

— De la MC, répéta-t-elle.

— Il y a un signal qui s'affiche sur l'écran quand l'appel vient de la MC, vous comprenez ?

— Non et ze crois que mon cœur va exploser. Ze n'arrive pas à me calmer. Est-ce qu'ils voulaient me tuer ?

— Mais non. C'est moi qu'ils veulent…

— Vous ? Qui êtes-vous ? Est-ce que vous êtes un criminel ?

Elle frissonna. Albert passa un bras autour de ses épaules.

— Mais vous allez m'expliquer ? demanda Nadia.

Elle leva les yeux. Le visage d'Albert était tout proche.

Au même instant, le mini-car croisait le chemin forestier, poursuivant sa course entre les arbres sur la route asphaltée…

— Toujours rien ? demanda Klaus.

La voix d'Eddie derrière lui répondit :

— On les a perdus. Les portables n'émettent plus.

— Tu vois, la technique ! lança Klaus.

Il ralentit, se gara sur un bas-côté, à l'ombre du petit bois.

— Je croyais qu'elle était infaillible, ta technique, insista Klaus en descendant du véhicule.

— Ils ont compris. Ils ont détruit les appareils. Je ne reçois plus rien.

— Je vais pisser, annonça Klaus en s'enfonçant parmi les taillis.

Une minute plus tard, Eddie le rejoignit dans ce paisible décor de buissons, de hautes fougères et de ronces.

— Une antenne sur le toit, pesta Klaus en reboutonnant sa braguette. Pourquoi pas une sirène ?

Moi, je serais arrivé discrètement et la petite demoiselle m'aurait donné gentiment son portable. Les bonnes vieilles méthodes, mon garçon, les bonnes vieilles méthodes.

— Je crois qu'elles ont échoué, monsieur Klaus, répondit poliment Eddie. Nous pensons qu'elles ont fait leur temps.

— Elles ont quoi ?

Klaus se retourna brusquement. Le jeune Eddie tenait une arme braquée sur lui.

— Nous pensons ? répéta Klaus d'une voix chevrotante. Qui ça, nous ?

— Vous êtes grillé, monsieur Klaus. Toute la cité vous a repéré. Excusez-moi, monsieur Klaus. J'ai des ordres. Je suis vraiment désolé.

Eddie tira deux fois. Puis il songea : « C'est la mort qu'il aurait souhaitée. Pan ! pan ! La bonne vieille méthode. »

Nadia repoussa Albert d'un geste brusque.

— Qu'est-ce que c'est ? Vous avez entendu ?

— Des chasseurs, dit Albert.

— Z'ai horreur des chasseurs.

— Moi aussi, dit Albert.

Il se serra de nouveau contre Nadia, comme s'il cherchait à se rassurer. Puis il lui murmura à l'oreille :

— Ma chérie, tu n'aurais pas quelques pièces de monnaie ?

— Ze… des pièces ? Oui… Pourquoi ?

— Il faut qu'on passe à la station de lavage. Je n'ai pas de voiture, tu comprends. Celle-là, j'ai dû l'emprunter et elle est toute boueuse. Ça m'ennuie de la rendre dans cet état.

— C'est bien ce que ze pensais, regretta Nadia, vous êtes un voyou.

CHAPITRE VII

LES MAMANS SONT À LA FÊTE

Mme Badach riait encore toute seule dans sa cuisine en repensant aux enfants déguisés. Pour élever ses sept garçons, Emmé avait dû parfois faire la grosse voix ou les gros yeux. Mais au fond, elle aimait les fêtes, les farces et les douceurs. Le thé à la menthe fumait dans son petit verre quand on sonna à la porte. Emmé se réjouit en s'essuyant les mains sur son tablier. Quelqu'un s'invitait ! Elle posa l'assiette de gâteaux sur la table et courut ouvrir.

— *Macha Allah* !

L'émotion fut si forte que Mme Badach dut se retenir à la porte pour ne pas tomber.

— Haziz !

C'était le fils qui avait fait des bêtises dans la cité, celui que les gendarmes avaient emmené pour un misérable trafic de mobs. Le fils tant aimé qui n'avait plus reparu. Emmé effleura son blouson du bout des doigts. Un beau blouson de cuir.

— Papa est là ? demanda craintivement Haziz.

Haziz était un solide gaillard, à présent. Mais il se souvenait des raclées paternelles. Emmé secoua la tête puis lissa du plat de la main le blouson de marque.

— Ti es bien habillé, dit-elle alors que son cœur hurlait : « Haziz, mon fils, ma lumière ! »

— Ouais, ça va, dit le jeune homme en entrant.

De son regard sautillant, il fouilla la pièce. Il avait toujours son air de fuite et d'inquiétude, les mains dans les poches et les épaules rentrées. L'odeur familière du thé à la menthe lui parvint et un bref sourire détendit son visage tout en os et en bosses.

— J'ai un boulot, maintenant, dit-il en se redressant.

— Ci bien, mon fils.

Il piratait des logiciels, gravait des CD, faisait tout un petit trafic dans une cité voisine.

— Dans l'informatique, ajouta-t-il.

— Ci bien, ça, approuva encore Emmé.

Ils étaient entrés dans la cuisine. Haziz vit les gâteaux sur l'assiette et toute son enfance lui revint en plein cœur.

— Emmé…

Haziz ne trouvait pas les mots. Les keufs, les teufs, les meufs, toutes ces conneries. Voler, mentir, se cacher, ça n'était pas une vie. Une vie d'homme qu'on peut raconter à sa mère.

— Je te demande pardon, dit Haziz, si bas qu'il fallait le cœur d'une maman pour entendre.

— Ci Allah qui pardonne, répondit Emmé.

Puis apparut sur son visage le plus merveilleux sourire que Dieu ait jamais dessiné.

— Ji t'aime, mon fils. Assis-toi.

Et sans rien dire de tous ces jours à l'attendre, de toutes ces nuits à le pleurer, Emmé lui servit le thé.

— Majid est pas là ? demanda Haziz.

Il n'avait pas oublié le petit frère. Un malin, haut comme trois pommes.

— Il va rentrer, répondit Mme Badach. Il va être si content.

— Ouais, mais je peux pas attendre… trop.

Haziz ne voulait pas voir son père. Heureusement, Majid ne tarda pas et il fut en effet très content. Les deux frères se tapèrent dans la paume des mains avec enthousiasme, à grand renfort de « Alors, ça va ? Qu'est-ce tu deviens ? » Haziz fut très fier d'annoncer à son jeune frère qu'il allait organiser un grand tournoi de jeux vidéo, sponsorisé par Mondiorama. Tout un week-end pour se massacrer sur *Counter-strike*.

— *Cyberstation* nous prête trente ordis, expliqua Haziz. Les joueurs qui peuvent amènent le leur. On va tout mettre en réseau. Y aura un écran géant pour suivre les parties, un bar, des merguez. On pourra dormir sur place. La totale.

Majid écarquillait de grands yeux en s'extasiant : « Génial, génial ! »

— Ça va super intéresser mon prof de français, ajouta-t-il.

Haziz lui jeta un regard méfiant. Depuis quand fayotait-il, celui-là ?

— Tu ferais mieux de prévenir les cousins de Samir, le rembarra-t-il.

Emmé fronça les sourcils, mécontente. Miloud et Rachid avaient très mauvaise réputation dans la cité. Mais Haziz lui expliqua que des mecs comme ça, ils valaient mieux les avoir avec soi que contre.

— Autrement, ils nous mettront le souk.

— Ci où, ta méga teuf ? demanda encore Mme Badach.

— On a trouvé un endroit super, répondit Haziz. Les carrières !

Tandis que Mme Badach récupérait son fils perdu, Mme de Molenne s'apprêtait à retrouver le sien. Chez sa sœur, elle avait pris une brusque décision. Son appartement était hanté, elle allait déménager. Elle avait hâte d'annoncer la nouvelle à Jean-Hugues.

De son côté, Jean-Hugues se préparait à une seconde rencontre avec Natacha. Un pistolet à eau dans la poche, il se mit devant son clavier d'ordinateur, tapa successivement ALIAS puis CALIMÉRO et se recula. Comme la fois précédente, l'hologramme fut projeté dans la pièce. Mais quand le quadrillage eut disparu, Natacha parut plus dense et plus opaque. Plus matérielle. Ses vêtements, un débardeur trop court et un mini-short, adhéraient à son corps comme une seconde peau. À sa ceinture, pendaient une dizaine de petites gourdes. Le dégom-laser semblait le prolongement naturel de son bras.

Dès que le faisceau lumineux l'eut libérée, Natacha se retourna lentement. Elle vit Jean-Hugues et récita :

— Caliméro est notre allié.

Le jeune homme se contenta d'un petit signe de tête. Il gardait les mains dans les poches.

— Je viens détruire MC, ajouta la guerrière.

Jean-Hugues se demanda s'il avait bien entendu. Pourquoi, dans un jeu produit par MC, un robot parlait-il de détruire MC ?

— C'est ta mission ? interrogea Jean-Hugues, sans trop savoir dans quelle mesure l'ordinateur pouvait interpréter ses paroles.

— Ma mission, récita Natacha, est de détruire MC.

Pwijj, pwijj, deux traits blanc-bleu partirent du dégom-laser, l'un frappant le boîtier d'un disque de MC Solaar, l'autre une canette vide de Mondial Cola.

— Bon, on s'en tient là, fit Jean-Hugues, le poing droit crispé sur le revolver à eau, au fond de sa poche.

— Maître, maître ! appela Natacha. MC a une armure d'invincibilité. Il me faut une arme surpuissante.

Pwijj, Natacha fit un dernier essai, au hasard, et troua un livre.

— Le maître, ici, c'est moi ! s'écria Jean-Hugues. Et tu arrêtes de m'esquinter mes affaires !

Il regretta aussitôt son mouvement d'humeur. Natacha était agressive. Il avait tort de l'oublier. La guerrière s'avança vers lui, une lumière inquiétante au fond de ses yeux verts.

— Attends, je suis ton allié. Caliméro est ton allié !

— Caliméro est notre allié, récita Natacha, à l'arrêt.

Dans le jeu, elle avait un QI haut de gamme. Dans le réel, elle avait l'air un peu bas de plafond.

— Pourquoi veux-tu détruire MC ? la questionna Jean-Hugues.

— C'est ma mission.

On tournait en rond.

— Ton maître, c'est Alias ?

— Le Maître des golems s'appelle Alias. Caliméro est notre allié. Ma mission est de détruire MC.

— Au moins, ça résume bien la situation, marmonna Jean-Hugues.

Le bruit qu'il entendit alors le fit tressaillir et blêmir à la fois. C'était la porte d'entrée.

— Jean-Hugues ! appela Mme de Molenne. C'est moi. Je suis rentrée plus tôt que prévu… Jean-Hugues ?

— Oui, oui, répondit-il à travers la porte, complètement paralysé.

Il ne pouvait pas montrer Natacha à sa mère. Elle allait paniquer. Mais il ne pouvait pas non plus détruire Natacha. Il se souvenait du sinistre avertissement de l'ordinateur. « Nombre de vies restantes : 4. » Que se passerait-il, une fois les vies consommées ?

Jean-Hugues s'approcha de Natacha et faillit poser la main sur son bras. À la dernière seconde, il la laissa en suspens.

— Écoute-moi, Natacha. Je dois partir en mission. Ne bouge pas d'ici.

Que pouvait-elle réellement comprendre ?

— Tu changes de niveau ? dit-elle.

— C'est ça, je change de niveau, articula Jean-Hugues. Je vais te chercher une arme plus puissante et, après, on détruira MC.

— C'est ma mission, approuva Natacha.

Incroyable, ce quasi-dialogue avec un robot !

— Jean-Hugues ? appela Mme de Molenne.

Le jeune homme s'éloigna de Natacha à reculons, murmurant une dernière fois : « Ne bouge pas. » Puis, très vite, il fit demi-tour, ouvrit et ferma la porte de son bureau.

— Tu étais en train de jouer, je parie ? lui dit sa mère, en secouant la tête avec indulgence.

— Hein, oui, jouer, bégaya Jean-Hugues.

— Si tu voyais dans quel état ça te met…

Mme de Molenne soupira. Elle-même ne se sentait pas très bien depuis qu'elle avait remis les pieds dans cet appartement. Elle alla vers la fenêtre et en tira les rideaux. Elle se retourna vers son fils.

— Un peu de lumi…

Incapable de poursuivre, elle resta, la bouche ouverte, à contempler quelque chose dans le dos de Jean-Hugues. Le jeune homme se douta de ce qui se passait. Pourtant, il n'avait pas entendu s'ouvrir la porte de son bureau. Mais, dans le jeu vidéo, il avait gagné à Natacha le pouvoir de traverser les cloisons. Il tourna la tête et aperçut la golémette en short et débardeur, les jambes écartées et les poings sur les hanches. Difficile de la faire passer pour une prof, même de gym.

— Ah oui ! dit-il sur le ton de celui qui répare une boulette. J'ai oublié de te prévenir que j'avais invité une amie. C'est Naaaa…

Sa voix chevrota. Il flanchait. Il toussota et se reprit :

— Natacha Durand.

Mme de Molenne, revenue de son saisissement, lâcha un profond soupir et voulut se montrer mondaine.

— Enchantée, mademoiselle…

Elle s'avança vers Natacha, la main tendue.

— Non ! hurla Jean-Hugues en mettant son bras devant Natacha. Elle est élec… elle est contagieuse.

— Contagieuse, répéta Mme de Molenne.

Sidérée, elle examinait les formes rebondies de la jeune fille. Elle paraissait en pleine santé. Mais elle avait un air bizarre, comme absent. Et qu'avait-elle dans son dos ?

— Elle est contagieuse, confirma Jean-Hugues.

Il ouvrit la porte de son bureau et ordonna :

— Viens, Natacha.

La golémette le regarda sans bouger. L'ordre semblait ne rien signifier pour elle.

— Viens avec Caliméro, articula Jean-Hugues, en jetant un regard ennuyé vers sa mère.

— Caliméro est notre allié, répondit Natacha en obtempérant.

Jean-Hugues disparut avec elle dans le bureau, laissant sa mère totalement abasourdie. Qu'est-ce que c'était que cette… Mme de Molenne hésitait entre « fille » et « chose ». Elle frissonna. Dans le dos de cette… créature, elle avait vu, clairement vu, une arme monstrueuse.

De l'autre côté de la porte, Jean-Hugues dut se raccrocher à son fauteuil. Ses jambes se dérobaient sous lui.

— Il y a combien de niveaux à la MC ? fit soudain Natacha.

Une nuance d'étonnement perçait à présent dans sa voix de mauvaise actrice, comme dans celle du dormeur au sortir d'un rêve.

— Ce n'est pas la MC, ici. C'est mon appartement, un F4 pour être précis, répondit Jean-Hugues, sans avoir le moindre espoir d'être compris.

— La MC, c'est l'autre côté, récita Natacha.

— L'autre côté de quoi ? s'énerva Jean-Hugues. L'autre côté de l'ordinateur ? Ici, c'est le réel. Moi, j'existe. Toi, pas.

Pur défoulement. Mais, de temps en temps, ça faisait du bien de remettre les choses en place.

Pwijj. Un trait de dégom-laser vint frapper Jean-Hugues à l'épaule.

— Mais putain ! rugit-il, portant la main à sa nouvelle blessure.

Natacha le regardait. Lentement, lentement, un sourire ouvrit son visage inexpressif. Un robot, ça ?

— Natacha, murmura Jean-Hugues.

Des larmes de douleur lui brouillèrent la vue. La sensation de brûlure était bien plus forte et profonde que la première fois, comme si tout s'intensifiait. Une larme roula sur sa joue. Intriguée, Natacha s'approcha. L'eau l'attirait. Elle leva la main.

— Non, supplia le jeune homme.

La terreur le paralysait. La terreur et le désir. Qu'elle le touche. Qu'il sache. Lui ferait-elle le même effet que Joke ? Natacha posa la main sur la joue humide. Jean-Hugues eut l'impression qu'une grenade explosait dans sa tête. Il se trouva projeté contre un mur. Quand il reprit ses esprits, ce fut pour constater que Natacha s'était volatilisée. Le bruit de la machine à écrire se fit entendre et un message s'afficha sur l'écran de l'ordinateur.

```
Golem NATACHA
Taille : à l'échelle
Motricité : bonne
```

```
Vision : bonne
Sensation : médiocre
Matérialisation : bonne
Armement : médiocre
Armure d'invincibilité : inopérante
Nombre de vies restantes : 3
```

— Connard, maugréa Caliméro à l'adresse de son ordinateur.

Quand Jean-Hugues avait refermé la porte sur son étrange petite amie, Mme de Molenne s'était un instant demandé si elle ne devait pas appeler Police Secours. Puis elle avait supposé que cette jeune… personne s'était déguisée ou participait à l'un de ces fameux jeux de rôle où l'on incarne un héros. Cette dernière hypothèse la séduisit parti-culièrement car elle se souvenait du message signé Natacha, qui disait : « Joue avec moi. Je t'attends. » Bref, ayant trouvé quelques explications à son angoisse, Mme de Molenne alla préparer le repas.

D'habitude, la cuisine était pour elle un lieu de sérénité. Mais cette fois-ci, il lui fut impossible de se détendre. Même l'épluchage des carottes qui lui était d'ordinaire si bénéfique ne lui apporta aucun soulagement. Était-ce de savoir cette Nata-cha dans le bureau, voire dans la chambre de Jean-Hugues ? Mme de Molenne s'était pourtant rassurée à son sujet. Natacha était une toute jeune fille travaillée par des fantasmes guerriers. L'arme qui lui barrait le dos ne ressemblait à aucun modèle réel. C'était un jouet, bien évidemment.

En se baissant pour prendre l'huile dans un placard, Mme de Molenne comprit pourquoi elle était oppressée. L'odeur ! Elle plissa le nez pour mieux la humer. C'était l'odeur qui imprégnait le bureau de Jean-Hugues, un mélange de soufre et de brûlé. Mme de Molenne allait se redresser lorsqu'elle aperçut la bête tapie derrière les cornichons. Elle poussa un hurlement et lâcha l'huile.

Tout d'abord, Bubulle s'aplatit dans l'espoir d'échapper à la boss. Mais rien à faire. Elle avait attrapé son arme à poils durs et la propulsait vers lui en faisant : « *Pschui*, allez, ouste ! » Bubulle déplia ses petites ailes et voleta au-dessus de la mare d'huile.

— Jean-Hugues ! appela Mme de Molenne, maniant toujours le balai. Allez, *pschui* !

Bubulle aperçut une planque dans le décor, un trou noir dans lequel il s'engouffra. Mme de Molenne poussa un cri de rage victorieuse et ferma la porte du micro-ondes. Puis, dans un mouvement réflexe, elle le mit en marche.

— Jean-Hugues ! hurla-t-elle.

Jean-Hugues se remettait tout juste du contact avec la très électrique Natacha.

— Mais quoi encore ? s'écria-t-il.

Il courut à la cuisine. Il y vit le micro-ondes tout pétaradant d'étincelles dont sa mère semblait attendre le décollage.

— Non, non ! cria-t-elle à son fils. N'approche pas, ça va exploser !

Depuis quelques heures, Jean-Hugues n'avait plus la notion du danger. Il se jeta sur l'appareil et l'arrêta. La porte s'entrouvrit et Jean-Hugues aperçut ce qui venait de cuire.

— Bubulle…

— Comment ? Tu le connais ? fit Mme de Molenne.

— Mais pourquoi tu le fais cuire ?

La mère et le fils échangèrent un regard où le reproche le disputait à l'incompréhension.

— Ferme la porte, gémit Mme de Molenne. Il va s'enfuir…

— S'enfuir ?

La cuisson au micro-ondes avait bien réussi à Bubulle, que Jean-Hugues prit un instant pour un jouet en plastique. Mais le courant d'air de la porte entrebâillée vint chatouiller le museau du dragon : il en sortit un petit *tffmm*, entre crachouillis et éternuement. Jean-Hugues repoussa la porte à deux mains et s'appuya au micro-ondes.

Ce n'était pas possible. Après Joke, après Natacha, Bubulle ! Jean-Hugues fit brusquement face à sa mère.

— Ah oui ! dit-il, sur le ton du jeune homme décidément étourdi. J'ai oublié de te signaler que j'avais confisqué ce dragon de Sumatra à un de mes élèves. Il l'avait amené en classe. Tu le connais, d'ailleurs : Samir Ben Azet. Tu sais, ils font tout un commerce de bêtes exotiques en banlieue.

Incrédule, Mme de Molenne répétait tantôt un mot, tantôt un autre : Sumatra, Ben Azet…

— Il y en a qui apprivoisent des mygales ou des boas. Ça se revend à des collectionneurs, paraît-il. Mais c'est illégal. Ça, c'est une espèce très rare de lézard.

— Mais… il a des ailes, protesta faiblement Mme de Molenne.

— C'est ce qui fait sa rareté, répondit Jean-Hugues. Il n'en reste plus qu'une vingtaine de couples. C'est une espèce protégée.

Il donna le coup de grâce à sa mère en ajoutant d'un air détaché :

— D'ailleurs, fais-moi penser à appeler un zoo…

Il allait quitter la cuisine quand sa mère le rappela :

— Jean-Hugues, on ne peut pas le laisser au micro-ondes !

— Tu as quelque chose à cuire ? Écoute, je vais aller lui acheter une petite cage. Surtout, tu n'y touches pas, hein ? Tu le laisses où il est.

— Mais, Jean-Hugues, implora Mme de Molenne, il va mourir asphyxié.

— Non, décida Jean-Hugues, les dragons de Sumatra ont une petite poche d'air sous le cou. Un peu comme une bonbonne d'oxygène. C'est très curieux.

Il fit un nouveau pas vers la porte puis se ravisa :

— Surtout, tu n'y touches pas. Quand il a peur, il crache une sorte de venin.

Il sourit à sa mère et répéta :

— C'est très curieux.

La dinguerie de sa vie en avait fait un autre homme. Il planait.

— Ah oui ! fit-il, toujours sur le ton du garçon oublieux. Natacha te prie de l'excuser. Elle a dû partir un peu vite…

CHAPITRE VIII

LIFE IS MC

Pour une fois, Majid avait hâte d'être au collège, hâte d'annoncer à Jean-Hugues que son grand frère Haziz était l'organisateur de la Mondial Aréna. La gloire pour les Badach jusqu'à la troisième génération ! Dans la cour, Majid fut accueilli par un Mamadou radieux :

— Le prof de céfran est absent. Deux heures qui sautent.

Majid se renfrogna. À qui annoncer la bonne nouvelle, à présent ?

— Samir ! Oh, Samir, tu sais quoi ?

Samir recula d'un pas. Depuis quelque temps, il se méfiait de cette phrase-là. Mais il se rassura bien vite et, même, il s'enthousiasma :

— Aouah, la Mondial Aréna ! C'est de la bombe, ça !

Majid se rengorgea.

— Et c'est où qu'est-ce ?

— Dans la carrière, répondit Majid avec un grand sourire.

— La ca… la ca…

La carrière ? L'émotion plia Samir en deux comme s'il venait de se prendre un coup de poing dans l'estomac.

— Là où que c'est abandonné, insista Majid, un peu inquiet.

— La ca… La ca…

La cata.

À la fin des cours, les deux garçons se précipitèrent vers les carrières. Samir râlait tout en courant :

— Sur la tête du Coran, il a de ces idées, ton frère. Joke dans une aréna ! Et y en aura beaucoup des keums ?

— Cent, deux cents, je sais pas… Mais c'est pas la faute à Haziz ! Si j'aurais su que vous aviez déménagé Joke !

Ils ralentirent en arrivant à la première banderole : « Bienvenue à la Mondial Aréna ! » D'autres calicots proclamaient : « Life is MC ! » Des ouvriers étaient en train de dresser une vaste tente militaire où les joueurs pourraient dormir, la nuit suivante.

— Là, on est mal, murmura Samir.

Il n'était même pas question de revenir chercher Joke le soir tombé. Un camion avait déjà apporté des amplis, des ordis et des câbles. Deux vigiles du magasin Mondiorama montaient la garde avec leur chien-loup.

Le gérant de Mondiorama, M. Bernard Martin-Weber, était dans tous ses états. Avec le sponsoring de la Mondial Aréna, il allait frapper un grand coup. Il avait prévenu la presse et invité l'adjoint à la culture. La MC avait analysé la situation aux Quatre-Cents. La population était jeune. Il fallait faire jeune. Bernard Martin-Weber (BMW pour faire court) avait donc troqué son costume à rayures pour un jean-baskets. Il venait d'enfiler le t-shirt noir frappé du slogan *Life is MC* et il hésitait devant la glace.

— À ton avis, demanda-t-il à sa maîtresse, avachie derrière lui sur un canapé, je mets la casquette ou pas ?

Son épouse l'avait déjà découragé. Mais deux avis valaient mieux qu'un.

— On s'en bat, fit la jeune femme qui se mangeait les peaux autour des ongles avec hargne.

— Je la mets, interpréta BMW. Mais la visière, derrière ou sur le côté ?

— Je t'ai dit, on s'en bat.

— Derrière. Bon.

BMW s'admira un instant dans le miroir. Pas à dire, ça le rajeunissait.

La Mondial Aréna devait débuter à 14 heures. Haziz avait réussi à embaucher Miloud et Rachid, les cousins de Samir, pour filtrer les entrées.

— Attention, les prévint Haziz, vous laissez passer que les mecs qui ont le t-shirt MC.

— C'est quoi, cette guignolade ? demanda aimablement Miloud.

— Le t-shirt, ça veut dire qu'ils ont payé l'entrée.

Les cousins ricanèrent et Rachid donna une tape sur le ventre de Haziz.

— T'en fais pas que nos potes, c'est les fils à Gratos.

Haziz fit la grimace et désigna de la tête les vigiles au chien-loup.

— Vous vous expliquerez avec eux, dit-il en s'éloignant.

Finalement, embaucher les cousins de Samir, ça n'était peut-être pas l'idée du siècle.

Les joueurs commençaient à arriver et à déballer leur matos. Les clans se regroupaient : les Bourrins, les Goofy, les 400... Quelques vannes fusaient sur le passage de l'un ou de l'autre.

— Tiens, Spam, ce gros tricheux, tu viens encore ghoster ?

— Tu vas voir la tôlée que je vais te mettre, Mickey, tu vas pas comprendre !

Dans la plus grande excavation de la carrière, les ordinateurs avaient été installés sur des tables à tréteaux. Des dizaines d'écrans scintillaient dans la pénombre et des paquets de câbles, aussi enchevêtrés que des platées de spaghettis, jonchaient traîtreusement le sol. Le podium de Mondiorama était juste achevé et, bien que ce ne fût pas encore l'heure des premiers duels sur Counter-strike, BMW décida de chauffer l'ambiance. Se mettant en plein sous les spots, il attrapa le micro et tonitrua :

— Mondiorama est heureux de vous accueillir à la Mondial Aréna ! Quarante-huit heures de jeu non-stop avec la possibilité de se restaurer sur place grâce à Mondial Cola et aux pizza Mondialissimo. N'oubliez pas de venir visiter notre stand. Vous pourrez y découvrir les dernières nouveautés MC en matière de vidéo et d'informatique et vous repartirez avec le pot de pâte à prout souvenir !

Haziz, accroupi près d'une table, était en train d'effectuer les derniers branchements. Il se redressa lentement, la mine catastrophée. Les joueurs présents dans l'immense caverne n'en croyaient pas leurs oreilles. BMW, avec sa casquette tournée à l'envers et sa voix de gommeux de supermarché, vantait les charmes du Mondiorama rénové, en-tiè-re-ment modernisé, le Mondiorama que méritaient les Quatre-Cents !

— Mais tu te crois où, le comique ? lui lança Spam. Tu vas pas nous vénère tout le week-end, non ?

Majid venait d'entrer dans la caverne, l'air aussi sombre que son t-shirt. S'il avait été dans son état normal, il se serait rué sur les ordinateurs ou même sur la pâte à prout souvenir. Mais là, il ne pensait qu'à Joke, enfoncé dans les profondeurs des carrières. En principe, l'ectoplasme électrique (comme l'appelait toujours Sébastien) restait tranquillement là où on le mettait. Mais il risquait d'être attiré par toute l'électricité que dégageait la Mondial Aréna.

— Des céréales Mondior au vélocross Mondiosport, du portable MC dernier cri à la console MC dernier modèle, continuait BMW déchaîné, il y a tout ce que vous voulez à Mondiorama. Oui, vraiment, *life is MC* !

Les joueurs continuaient d'affluer et tous jetaient le même regard consterné vers l'estrade. Le son avait été poussé à fond et BMW s'écoutait délirer, sans entendre les commentaires de la salle.

— Mais c'est qui, cette grosse brêle ? Il va arrêter de nous défoncer les tympans ?

— Hé, Haziz, tu le déconnectes, ce ouf ? Ou je lui fais une tête !

Tandis que BMW se couvrait de ridicule sans le savoir, de plus en plus de « fils à Gratos » se pressaient à l'entrée des carrières. Les cousins de Samir ne filtraient rien du tout et se contentaient de taper dans les mains des potes qu'ils reconnaissaient. C'était l'équivalent du tampon à l'entrée des dancings. Les vigiles de Mondiorama avaient d'abord voulu intervenir mais quelques couteaux négligemment pointés vers eux les avaient incités à aller faire pisser Mirza. Samir et Lulu étaient entrés en faisant un simple sourire à Rachid.

— Tu lui dis pas pour Joke ? souffla Lulu à l'adresse de son grand frère.

— Non, Joke, c'est notre affaire et ça regarde personne, répondit Samir.

Il n'aurait su dire exactement pourquoi, mais il était persuadé que tout individu au-dessus de treize ans risquait d'être hostile à l'existence de Joke. Son plan, c'était d'envoyer Lulu à la rencontre du monstre pour qu'il se tienne tranquille. Dans son petit sac à dos, Lulu avait de quoi faire la dînette avec son copain, des piles et des Chocos MC. Cela devait être suffisant car Joke s'était fait récemment une grosse bouffe aux frais d'EDF.

— La pâte à prout, ah ! La pâte à prout, rou-coulait BMW. Bien sûr, vous faites la collec', mais connaissez-vous nos toutes dernières nouveautés ?

Au grand étonnement des sociologues et des journalistes, la mode de la pâte à prout tenait depuis plusieurs mois.

— Elle est fluo, elle brille dans l'obscurité et elle ne coûte que deux euros si on en prend deux pots ! ajouta BMW au micro. Et voici celle que vous attendiez, mesdemoiselles, elle est à paillettes…

Il n'y avait pas une seule nana à la Mondial Aréna, à part Lulu, mais BMW s'obstinait à parler à ces « demoiselles », comme s'il était à la braderie de Mondiorama.

— Les petits pots Mondialo, il y en a à tous les prix et pour tous les goûts, conclut le gérant de Mondiorama sans entendre Spam qui lui répli-quait :

— Et la pâte à prout hallucinogène, tu te la mets dans les trous de nez ?

Tout le monde avait pris le parti de rigoler tandis que les gars du cybercafé cherchaient le moyen de faire disjoncter la sono sans planter les ordis.

— Vas-y, murmura Samir en poussant sa petite sœur vers une des galeries creusées dans les carrières.

Un ruban rouge en barrait symboliquement l'accès, mais Lulu n'eut qu'à se baisser. Elle fit quelques pas dans la pénombre puis alluma sa lampe de poche. Elle connaissait le chemin jusqu'à Joke et, tout en s'éloignant, elle entendait le bruit rassurant de la Mondial Aréna. Est-ce qu'elle avait peur ? Un petit peu quand même. C'était bien noir, là-dedans, et le rayon lumineux sautillait de droite et de gauche, incertain et tremblant. Au bout d'une centaine de mètres, elle appela :

— Joke, t'es là ?

Elle dut traverser une première grotte, entrer dans une deuxième galerie.

— Joke, t'es là ?

— Oui, hi, hi, c'est la fête ! répondit la voix bien-aimée.

Joke n'avait strictement pas bougé. Il était là, bien gros, bien gonflé, dégageant une lumière d'un blanc bleuté. Lulu se précipita vers lui et enfonça son visage dans le ventre rebondi et caoutchou-teux. Dès qu'elle entrait ainsi à son contact, des vagues de chaleur et d'énergie lui couraient sous la peau. De la même façon, quelque chose de notre humanité pénétrait en Joke.

— Moi ami, dit-il.

— Je suis ta première amie, fit Lulu, avec la gravité d'une petite fille malade. Et tu es mon premier ami.

— Ami, répéta Joke. Cocorico, soleil levé.

— Non, ça, c'est du n'importe quoi, ce que tu dis, le gronda Lulu. Il faut que tu réfléchisses un peu. Que tu réfléchisses avec ton cœur.

— Moi beaucoup faim, répondit le monstre avec sa voix de Furby.

Lulu soupira et sortit les piles de son sac à dos. Joke était insatiable. Plus il mangeait, plus il voulait manger.

— Miam, miam, moi faim encore.

Lulu haussa les épaules puis croqua dans chaque coin de son Chocos MC. Elle ne comprenait pas bien pourquoi il fallait cacher Joke, pourquoi elle ne pouvait pas l'installer chez elle, dans sa chambre. Comme elle méditait un peu tristement sur la bêtise des grands, elle ne remarqua pas l'énervement croissant de Joke. La Mondial Aréna l'attirait inexorablement.

Dans la grande caverne, BMW avait enfin cédé la place à Haziz qui rappelait au micro les règles des duels Counter-strike à la loyale : sans ghoster ni camper[1]. Majid avait retrouvé Samir et tous deux parlaient à mi-voix.

1. Les joueurs n'ont pas le droit de rester en embuscade à des endroits stratégiques (camper) et, s'ils sont tués, ne doivent pas en profiter pour donner des renseignements à leur clan (ghoster).

— Ta sœur va pas rester deux jours avec Joke, fit remarquer Majid.

— T'as une autre soluce ?

— Mais tes parents vont s'inquiéter ?

Samir eut un rire sombre :

— Le week-end, ils dessaoulent pas.

Les deux garçons avaient beau être inquiets, Majid gardait un œil sur les écrans où se déroulaient les premiers duels et Samir suivait du regard les déplacements de ses cousins. Miloud et Rachid allaient de poste en poste proposer aux joueurs de curieux comprimés.

— Y a personne qui a la migraine ? questionnait Rachid. J'ai de l'aspirine bien dosée.

— Mais ils sont graves, ces mecs ! se révolta Spam.

Il en abandonna sa partie pour crier :

— Vous allez pas nous pourrave l'Aréna ! On n'en veut pas de votre dope de chiottes !

Miloud s'approcha de lui :

— Ferme ça ou je t'arrange le portrait que ta mère voudra plus te voir.

Un des joueurs de son clan fit rasseoir Spam en le tirant par la manche.

— Ils vont tout nous destroyer, marmonna Spam avant de se mettre un casque sur la tête et la tête dans l'écran.

L'incident en resta là et les cousins continuèrent à chercher des clients. Mickey (du clan des Bourrins) se laissa séduire. Il n'avait encore jamais expérimenté l'ecsta.

— C'est du teushi en mieux, lui garantit Rachid.

Une demi-heure plus tard, Mickey ne sentait toujours rien, à part une forte envie de pisser. Il quitta l'Aréna pour s'enfoncer discrètement dans une galerie, en passant sous un ruban rouge. Il fit quelques mètres mais, au lieu d'une obscurité grandissante, il remarqua une lumière d'un blanc bleuté très apaisant qui semblait vouloir le guider. Les organisateurs avaient peut-être prévu des toilettes… Mickey s'avança et éprouva la plus grande surprise de sa vie. Il y avait là, devant lui, une grosse bête illuminée avec des balafres en guise de bouche et d'yeux. Mickey vacilla et porta la main à son front :

— P'tain ! C't effet que ça me fait !

Il hallucinait ! Il en oublia son envie et revint bien vite vers l'Aréna. Il n'osa rien dire aux gars de son clan et fila dehors prendre un peu le frais.

Le gérant de Mondiorama en faisait autant. En réalité, il cherchait dans la foule monsieur l'adjoint à la culture. La presse était arrivée et BMW voulait absolument qu'on le photographie en train de serrer la main à l'adjoint. Au bout de vingt minutes, BMW n'avait toujours pas trouvé l'homme de la culture et le photographe s'impatientait.

— Je vais vous faire une photo à l'intérieur, suggéra-t-il.

BMW soupira et revint dans la Mondial Aréna en se posant la grande question : avec ou sans la casquette ? En entrant, il s'aperçut que régnait dans la caverne une agitation non prévue à son programme. Joke était là, au débouché de la galerie, comme un gros tas lumineux. Lulu essayait en vain de le faire reculer.

— Miam, miam, moi faim, répétait stupidement Joke.

Les joueurs les moins accros avaient quitté leur écran des yeux et regardaient le monstre avec amusement, persuadés qu'il s'agissait d'une attraction. Ils reconnaissaient le golem informe du jeu vidéo.

— Ils nous gonflent avec leurs opérations publicitaires, grommela Spam qui venait de se prendre un 9-2 dans les dents.

Le photographe, en revanche, était ravi.

— Je vais vous tirer le portrait avec la bestiole, dit-il à BMW. Vous lui serrerez la main. Ça vaudra bien l'adjoint à la culture !

— Avec ou sans la casquette ? s'inquiéta BMW.

— Avec, avec ! Ça vous rajeunit, lui répondit le photographe.

BMW se dépêcha de l'ôter. Depuis qu'il était petit, il pensait que l'espèce humaine cherchait à lui nuire. Mais c'est en toute confiance qu'il s'avança vers Joke, la main tendue. Majid et Samir observaient la scène, pétrifiés par l'angoisse.

— On fait une photo, dit BMW au monstre, supposant qu'il y avait quelqu'un à l'intérieur. Donnez-moi la main… enfin, la patte !

Samir faillit crier : « Non, touchez-y pas ! » Mais il était trop tard. Le contact s'était fait. BMW eut la brève et terrible sensation que la foudre le traversait. Tous ses os craquèrent, son cerveau explosa en une gerbe d'étincelles et il se retrouva propulsé contre un tréteau, bousculant joueurs et ordinateurs. Trois secondes plus tard, les yeux exorbités, il hurlait :

— Il est électrique ! Il est électrique !

Sa panique était si manifeste que les joueurs en restèrent un instant muets, presque effrayés.

— Mais il est shooté complet ! claironna Samir. Lulu, donne la main au monsieur !

Lulu glissa sa menotte dans la grosse patte du monstre et sourit à l'assistance. Dès lors, les joueurs rassurés accablèrent le malheureux BMW.

— Arrête de fumer de la pâte à prout, lui conseilla Spam.

Encore choqué, le gérant s'épongea avec sa casquette et gagna la sortie en titubant. Miloud, rigolard, s'approcha à son tour de Joke.

— T'as pas chaud là-dessous, gros naze ? Hé, ho, le monstre, tu réponds ou tu veux que je te dégonfle ?

— Il faut pas lui dire « le monstre », prévint Lulu.

— Comment ça se fait que tu tiens debout, toi ? lui répondit gracieusement Miloud. T'as pas une maladie-génétique-de-la-mort ?

Joke devina-t-il que Miloud n'était pas « ami » ? Ou prenait-il goût à envoyer des décharges ? Que ce fût pour l'une ou l'autre de ces raisons, il tendit la patte vers Miloud en disant :

— Cocorico, soleil levé !

Pour la marrade, Miloud tendit lui aussi la main. Samir ferma les yeux, en murmurant :

— Là, on est de plus en plus mal…

Même cause, mêmes effets : Miloud fut catapulté trois mètres plus loin. Il s'effondra dans un tas de câbles en hurlant :

— Il est électrique ! Il est électrique !

Tout le monde crut à un sketch comique et éclata de rire. Miloud, à demi fou de douleur et de terreur, s'enfuit par l'allée à quatre pattes avant d'être relevé par Rachid.

— Viens, viens ! lui cria-t-il. Il est électrique !
Il est électrique !

Incapable de le calmer, Rachid emmena Miloud se faire soigner. Lulu, elle, réussit à entraîner Joke dans les profondeurs des galeries en lui promettant d'autres piles. Ainsi, la Mondial Aréna put se poursuivre sans BMW et sans les cousins, à la grande satisfaction de Spam (du clan des Arnaqueurs).

CHAPITRE IX

LE NIVEAU MONTE

Nadia avait décidé de consigner Albert dans l'espace exigu de sa cuisine. Si elle le laissait prendre ses aises et qu'il entrevoyait la possibilité de s'installer chez elle, Albert sauterait sur l'occasion. Et pas seulement sur l'occasion.

— Vous exazérez ! s'exclama Nadia. À vous entendre, on croirait que la moitié de la planète appartient à la MC !

— C'est leur ambition, répondit Albert. Pour l'instant, ils n'en possèdent que le quart.

Nadia tapota nerveusement contre sa tasse avec une cuiller à café.

— Voyons, ce sont des sucreries, des gadzets idiots. La guimauve Mondialow, la pâte à prout… on ne domine pas le monde avec ce zenre de cochonneries.

— Le Mondial Cola, récita Albert, les céréales Mondior, les Chocos MC, la poupée Mondina et son fiancé Mister C avec tous les accessoires pour les habiller…

— Vous mélanzez tout, le réprimanda Nadia.

— Eh bien, prenons les choses dans l'ordre. D'abord, je suçotte Mondoudou. Ensuite, je câline Mondichette. Après, je peigne ma Mondina et j'offre à Mister C son premier costard. Comme il faut aussi s'instruire, de temps en temps, je me plonge dans les albums MondHistoires. Tout ça m'ouvre l'appétit… bon, je ne reprends pas la liste, mais j'en ai oublié au moins quarante, les Cara MC, les Mondexquis glacés… Ça ne tient pas au corps et ça gâte les dents. Heureusement, il y a la pizza Mondialissimo. Qui me donne des forces pour monter sur mon VTT Mondiosport…

— Assez ! Assez ! s'écria Nadia.

— Assez ? Mais ce n'est jamais assez. Puisque nous ne possédons encore que le *quart* de la planète. Et pas n'importe quel quart.

Albert se tut soudain et l'on n'entendit plus dans la cuisine que les gouttes qui tombaient du robinet sur l'évier en inox.

— Vous n'avez rien remarqué ? demanda-t-il.

— Quoi ?

— Ce quart dont je vous parle, Nadia, c'est celui des moins de quinze ans.

— Ah !

Nadia avait poussé comme un petit cri de désespoir.

— Un milliard et demi de consommateurs, bientôt deux... reprit Albert. Et quand on tient ceux-là, Nadia, on tient le monde. Car nous les attendons au tournant. Nous les accompagnons. Le baladeur, la console de jeu, le portable, l'ordinateur. Nous vendons cela aussi. Puis, plus tard, la lessive, le canapé, le fusil de chasse...

— Oh, arrêtez...

— Nous vendons tout. De la première tétine au fauteuil roulant. De Mondoudou au berceau à Montroutrou au cimetière...

— Albert ! hurla Nadia en plaquant la paume des mains sur ses oreilles.

Albert prit la cafetière et envoya une grande giclée de liquide fumant dans sa tasse. Un sourire satisfait flottait sur ses lèvres.

— Albert ?

— Oui ?

Il y avait dans le regard de Nadia un mélange de colère et de peur.

— Pourquoi dites-vous... *nous* ?

— Moi, j'ai dit *nous* ?

— Quand vous parlez d'eux, vous dites... *nous*.

Il sembla interroger le fond de sa tasse pour y trouver la réponse.

— Oui, fit-il d'une voix rauque, j'ai été l'un d'eux. C'est comme ça qu'ils vous apprennent à penser. On mange MC, on travaille MC, on pense MC. *Life is MC*. Mais je les aurai, Nadia, je vous jure que je les aurai.

— Vous ? Albert contre le quart de la planète !

— Non. *Nous*.

La petite grimace ironique se figea sur le visage de Nadia.

— Vous et moi, Nadia. Nous.

— Oh…

Albert vida la cafetière puis en fit chauffer une seconde. Il avait terriblement besoin de parler. Alors, Nadia l'écouta. Dans son récit, le moindre pot de pâte à prout constituait une menace et chaque boîte de céréales un piège mortel. Derrière tout cela se profilait l'ombre grotesque d'un nain obèse nommé M. William.

M. William était insatiable. M. William avalait les parts de marché comme on avale une part de gâteau. M. William était un ogre qui dévorait les petits enfants. Pour commencer.

— Nous sommes libres, après tout, protesta Nadia. Pourquoi les gamins veulent-ils tous la même chose en même temps, les mêmes pots de cette pâte infecte, le même t-shirt ? Le même disque de la même chanteuse !

— Parce que *nous* leur parlons, parce que *nous* leur disons ce qui est bon pour eux. Pardon, voilà que ça me reprend.

Plus bas, il ajouta :

— C'est ce que j'ai découvert un jour. Et c'est pour ça que je suis parti.

— Quoi ? Qu'avez-vous découvert ?

— Que la MC campait dans mon jeu, comme disent les mômes.

Albert joua alors la grande scène de l'innocence. Il se décrivit dans le rôle du jeune informaticien, brillant mais naïf, qui consacre ses jours et ses nuits à programmer un jeu super-cool, un jeu méga-génial, un jeu hyper-mortel. Golem ! Sans se poser de questions.

— Un jour, j'ai commencé à détecter des traces suspectes. Comme des ombres, de vilains échos qui traînaient derrière mes belles images. Moi, je construisais mes décors, mes personnages… Eux, pendant ce temps, ils testaient un autre genre de petite musique. Des messages clandestins, des images subliminales. Presque indétectables. Vous croyez visiter Golem City à dos de dragon ? En fait, vous vous laissez farcir la cervelle : ACHETEZ LA PÂTE À PROUT MONDIALO !

Nadia sursauta. Albert avait hurlé le slogan.

— Qu'est-ce que je pouvais faire ? Tout casser ? Je travaillais dans une forteresse, sous le regard des caméras et des vigiles. Partir ? Oui, partir. Mais on ne quitte pas la MC. C'est la MC qui vous quitte. En général, il s'agit d'un adieu définitif. Un ticket direct pour Montroutrou.

— Vous êtes parti quand même, glissa Nadia.

Albert croisa les doigts et en fit craquer les jointures.

— Oui. Le jour du grand bug. Plantage à tous les étages. Des fumées dans les couloirs, des types qui couraient dans tous les sens. Plus rien ne fonctionnait. Les serrures électroniques, les radars, les circuits vidéo. M. William a réquisitionné la moitié des vigiles pour sa protection personnelle, un véritable bouclier humain. Il croyait qu'on voulait l'assassiner. Je suis sorti. Et, surtout, j'ai fait sortir l'ordinateur. Mes programmes, mon jeu. C'était gruyère time, Nadia !

Il lança vers la jeune femme un regard fier et même un peu vaniteux.

— Et maintenant, ils me cherchent ! Ils sont des milliers, ils possèdent des milliards et ils me cherchent. Parce qu'ils savent que si quelqu'un peut les terrasser, c'est moi !

— Naturellement. Et comment, s'il vous plaît ?

Albert attrapa soudain la main de Nadia par-dessus la petite table de la cuisine.

— D'abord, dit-il, il faut que je trouve un endroit où m'installer.

Nadia libéra sa main d'un geste brusque.

— C'est ça. Mon héros cherche une zentille Zames Bond girl qui l'attendra à la maison avec un repas chaud et un lit douillet. Y a une erreur de casting, mon cher ami.

— Nadia, vous vous méprenez !

— Ze me méprends ? Le zoli mot ! Eh bien, ze vais vous dire ce que ze pense, moi. C'est que vous êtes sacrément gonflé !

Albert lui adressa un regard offensé. Mais Nadia était lancée :

— Monsieur travaillait à son petit zeu inno-cent avec ses monstres sympathiques qui font gagner des points quand ils commettent un car-naze. Monsieur éduquait notre belle zeunesse en lui expliquant que pour monter de niveau, il faut massacrer tout le monde... et tout ça dans un bunker gardé par une armée de tueurs au service d'un psychopathe qui veut se bouffer la moitié de la planète...

Nadia reprit son souffle avant de cracher :

— Et monsieur ne se doutait de rien !

À la façon dont il se raidit, Nadia vit qu'elle avait touché chez Albert un point sensible.

— Vous êtes dure, grogna-t-il. Okay, j'ai été aveugle… Concevoir un jeu vidéo, c'est très excitant, vous savez… mais bon, ça n'aide pas toujours à regarder les choses en face. Pendant deux ans, je n'ai vu que ce que je voulais voir. Un boulot génial, un bon salaire…

— Moi aussi, z'ai un boulot zénial, coupa Nadia. Mais le salaire… Pourtant, au collèze, ze vous assure que pour les faire grimper d'un niveau, c'est beaucoup moins facile qu'à Golem City.

Albert hocha la tête, comme s'il s'avouait vaincu. Mais Nadia comprit qu'il n'en était rien.

— Vous ne pouvez plus reculer, dit-il froidement. Votre sort est lié au mien. Ils savent qui vous êtes et où vous êtes. S'ils veulent m'avoir, ils passeront par vous. Et ils veulent m'avoir.

Nadia ouvrit des yeux effarés.

— Qu'est-ce que vous dites ?

— Si je reste près de vous, vous serez en danger. Mais je serai là pour vous protéger. Si je m'éloigne, ils vous auront. Et ils ne reculeront devant aucun moyen pour vous faire parler. Même si vous ne savez rien.

— Salaud, souffla-t-elle.

Nadia se leva si brusquement que sa chaise valsa sur le carrelage. Elle sortit de la cuisine comme une furie. Albert entendit tomber des objets, claquer des portes, grincer des tiroirs.

Trente secondes plus tard, elle était de retour, les bras chargés.

Nadia jeta en vrac par terre deux grands coussins plats, un oreiller et une couverture.

— Vous dormirez là, entre la poubelle et le frigo, annonça-t-elle. À côté, c'est chez moi. Ze ne veux pas vous y voir.

— Mais Nadia…

— Ze me lève à 7 heures. À 7 h 15, ze prends mon petit dézeuner. Ze veux que vous soyez debout et que tout soit ranzé, plié, impeccable. Et que vous soyez sorti. Le matin au réveil, z'ai les yeux bouffis et le teint verdâtre. Il est hors de question qu'un homme me regarde manzer mes tartines quand z'ai ma tête de sorcière. Est-ce clair ?

Il y eut un long silence puis Nadia éclata de rire devant l'air ahuri d'Albert.

— Vous pouvez fermer la bouche, lui dit-elle.

— Nadia chérie…

— Hon ?

— Je crois que je ne vais pas tarder à monter d'un niveau.

C'est ainsi qu'Albert s'installa chez Nadia sans vraiment loger chez elle. De l'appartement de la rue Frédéric-Mistral, il ne fréquentait que la cuisine et la petite entrée. Puis Nadia finit malgré tout par lui accorder l'usage de la salle de bains. Albert passait le plus clair de ses journées dehors et rentrait le soir après avoir grignoté quelque chose en solitaire.

Le troisième soir, il trouva Nadia chez lui. C'est-à-dire dans la cuisine. La jeune femme était plongée dans d'étranges occupations. Sur la table de Formica, elle avait disposé des tubes, des fioles, des sachets de poudre et une balance à l'ancienne, avec des poids de toutes les tailles. Quand Albert entra, elle leva à peine les yeux.

— Vous avez rapporté du travail à la maison, dit-il pour tenter d'engager la conversation.

Nadia répondit d'un grognement.

— Vous m'aviez parlé des copies à corriger mais pas de ça, insista Albert. Je ne savais pas que les profs de SVT jouaient au petit chimiste dans leur cuisine.

Nadia lui jeta un regard bref puis se mit à compter à mi-voix les gouttes qui tombaient de sa pipette de verre.

— Quel genre d'expérience préparez-vous ? Rien de dangereux, j'espère.

— De quoi faire sauter la planète.

— Au secours ! s'exclama Albert en éclatant de rire. Je comprends pourquoi on parle d'insécurité dans les cités ! Si c'est ça que les enfants apprennent à l'école...

Nadia ferma son flacon et l'agita énergiquement.

— Ce que ze fais là n'a rien à voir avec le collèze. Mais vous avez raison, il s'azit bien d'insécurité. De mon insécurité à moi. Z'ai décidé de me protézer, figurez-vous.

— De qui?

— De mes ennemis, de mes amis, de tout le monde. Si zamais un homme avait l'idée de m'agresser en pleine nuit, par exemple, ze serais prête à riposter. Une bonne ziclée de vitriol, ça calme.

— Mais c'est une obsession! s'insurgea Albert. Pourquoi voulez-vous absolument me dissoudre?

— Tiens, vous vous êtes reconnu?

— Nadia, je vous jure que… Nadia? Qu'est-ce que…

La jeune femme avait pris sa tête à deux mains et ses épaules tressautaient, secouées par de petits sanglots muets.

— Z'ai peur, Albert. Ze les ai vus. Ils me surveillent. Ils me suivent.

— Qui? Quand?

— La camionnette, avec son antenne.

Nadia se redressa et s'essuya les yeux avec sa manche.

— Z'ai peur à chaque fois que ze mets le nez dehors. Ze n'ose plus aller nulle part. Dans la rue, ze reste collée aux zens. Alors voilà, z'ai décidé de me protézer.

Albert contempla d'un air incrédule les fioles et les sachets de Nadia.

— Faites-moi confiance, quand on s'y connaît un peu en réactions chimiques, on peut faire des dégâts, certifia-t-elle.

— C'est ce qui m'inquiète. Mais pourquoi vous n'avez pas accepté ce que je vous ai proposé ?

Pendant plus d'une heure, Albert avait tenté de convaincre Nadia qu'elle devait le laisser assurer sa protection. Lui permettre de l'escorter lors de ses trajets, comme un garde du corps. Mais elle avait refusé avec indignation.

— C'est ça ! Vous me mettrez deux Chocos MC dans mon cartable et vous me ferez une bise devant l'entrée de l'école.

Albert leva les bras au ciel.

— Vous ne savez pas à qui vous avez affaire, Nadia. Ce sont des tueurs professionnels, des spécialistes de la traque électronique. Qu'est-ce que vous imaginez ? Que vous allez les mettre en fuite avec vos poudres de perlimpinpin ?

— Prêtez-moi votre Beretta, si vous préférez. Z'étais championne de tir, à la fête foraine.

Albert soupira.

— Bon, écoutez-moi. À partir de demain, que vous le souhaitiez ou non, je surveille toutes vos allées et venues. Ne craignez rien, je resterai à bonne distance. Vous ne me verrez même pas. Mais je serai là, prêt à intervenir. Et si je peux en coincer un, je ne vais pas me gêner.

Nadia devint soudain rouge de colère.

— Vous me prenez vraiment pour une idiote ! Ze sais très bien que c'est dézà ce que vous faites depuis trois zours ! Mais il était quand même là, ce gros porc dans sa camionnette.

— D'accord, d'accord. Comme ça, tout est clair. Allez, il est tard. J'ai rendez-vous avec ma poubelle et mon frigo.

Il donna un coup de menton vers la table de Formica couverte de produits chimiques.

— Merci d'avoir tout préparé pour mon petit déjeuner.

CHAPITRE X

NADIA MET LE FEU AUX POUDRES

Paradoxalement, depuis qu'Albert en avait bouleversé le cours, la vie de Nadia était réglée comme du papier à musique. Plus de détours, plus de haltes imprévues. Elle se rendait en hâte de la rue Frédéric-Mistral au collège, et inversement, empruntant toujours le même itinéraire, par les rues les plus fréquentées.

Pourtant, cet après-midi-là, à 16 heures, Nadia modifia ses habitudes. Elle savait qu'elle allait prendre un risque, un gros risque. Mais c'était en service commandé. Au lieu de traverser la cité par les grandes esplanades en direction de son quartier, elle se dirigea vers ce que les plus anciens habitants de la commune appelaient la vieille ville : quelques pâtés de maisons de brique rouge serrées autour d'une église noircie par les ans. Un vestige du temps où la bourgade entourée par les champs de blé semblait à mille lieues de la capitale. La grand-mère de Nadia était née là, dans un immeuble bas aux balcons de fer forgé.

Nadia aurait aimé flâner dans le square minuscule où fleurissaient d'héroïques rosiers blancs. Mais elle poursuivit son chemin d'un pas régulier, sans même s'arrêter devant la vitrine de la boulangerie où elle lorgnait, petite fille, les tresses de réglisse et de guimauve. Autrefois, quand tous les bonbons du monde n'étaient pas frappés du sigle MC.

Nadia parvenait à présent dans une rue étroite et déserte. Elle l'entendit arriver avant de le voir. Le piège fonctionnait, mais qui serait la victime ? Elle continua de marcher calmement pendant quelques mètres, luttant contre son désir de libérer sa peur en courant.

Enfin, elle s'autorisa un regard par-dessus son épaule. Il était bien là. Le mini-car blanc roulait au ralenti, avec ses vitres fumées et son antenne parabolique sur le toit.

Cette fois, Nadia pressa le pas. Et le véhicule, lui aussi, accéléra.

Nadia connaissait la vieille ville comme sa poche. Elle savait qu'il lui fallait atteindre la première le bout de la petite rue. Nadia se mit à courir.

Rien ne ressemblait moins à un refuge que l'arrière de l'église Saint-Firmin. C'était une zone morte cernée de hauts murs, puant l'urine et encombrée de cageots vides. Les habitants du quartier l'évitaient, même en plein jour. Nadia la traversa sans cesser de surveiller ce qui se passait derrière elle. Quand le mini-car déboucha, elle ne possédait plus que vingt mètres d'avance.

Sûr de son fait, son poursuivant prenait son temps.

Nadia passa sous un porche étroit aux pierres noires couvertes de mousse. Par là, le mini-car ne passerait pas. Car, tout de suite après le porche, il y avait des marches. Nadia en connaissait le nombre, quatorze, comme elle en connaissait chaque lézarde. Petite fille, elle les avait montées et descendues mille fois, à cloche-pied, sur les jointures sombres ou sur les taches claires… Aujourd'hui, elle jouait à un jeu différent. Nadia les dévala trois par trois.

Elle entendit le véhicule freiner, elle entendit la portière claquer.

Au bas des marches, elle se retourna. Son poursuivant se tenait sous le porche. Nadia crut le voir sourire.

Il était gras, il était lourd. Elle était sûre que ce type, lui, n'avait jamais fait les championnats d'Ile-de-France. *Courage !* Mentalement, elle cala ses baskets dans les starting-blocks. Le regard droit devant. Pan ! Nadia partit comme autrefois, au coup de pistolet. *Vas-y, ma fille, t'es plus rapide que ce gros lard.*

Tout au bord du parvis de Saint-Firmin, quelqu'un suivait la scène grâce à de minuscules jumelles de théâtre. Quelqu'un qui regrettait d'avoir poussé Nadia à prendre un tel risque. Albert ne pensait pas qu'elle accepterait, ni si facilement. À présent, elle fonçait sur le chemin de terre battue bordé de petits enclos qu'on appelle des jardins ouvriers. Sa grand-mère y cultivait jadis ses poireaux. Tout en courant, Nadia voyait du coin de l'œil les tuteurs où grimpaient les plants de tomate. Ici, encore aujourd'hui, à quelques minutes des Quatre-Cents. C'était un miracle. Et c'était pour eux, pour ces jardinets, que Nadia eut soudain l'impression de lutter.

La MC ne les aura pas ! hurlait une voix dans sa tête.

Trois cents mètres d'une douce pente et de portillons de bois, de feuilles, de fruits et de parfums. Eddie les faisait trembler de sa course pataude et de son souffle court.

Les mains crispées sur les jumelles, Albert haletait pour encourager Nadia. La foulée souple, le buste droit, elle courait comme une reine. Ses cheveux blonds lui faisaient une couronne. Le type, derrière elle, perdait régulièrement du terrain.

En bas passait la départementale. En bas, au pied du grand hêtre, il y avait le vieux Solex rouillé. Nadia pria pour qu'il veuille bien démarrer du premier coup.

Albert retint sa respiration. Nadia venait de disparaître dans l'ombre du hêtre. Trois ou quatre secondes interminables s'écoulèrent. Le moteur du Solex couina puis émit un chapelet de sons pétaradants.

— Vas-y, mais vas-y, s'exaspéra Albert.

Enfin, se découpa dans les oculaires l'image qu'il attendait. Nadia filait sur le Solex, laissant son poursuivant sur le bord de la route.

— Championne ! s'écria Albert, bluffé.

Puis il se rua vers le mini-car.

La partie la plus intéressante était évidemment l'arrière du véhicule, là où le tech pilotait son matériel de détection. Albert tenta en vain de tourner les poignées. Il ne fallait pas rêver. Ce type ne pouvait être stupide au point de laisser les portières ouvertes. Le blindage était sérieux. L'espace d'un instant, Albert considéra la possibilité de tirer une balle dans la serrure. L'endroit était désert, le quartier tranquille…

Albert hésitait. D'abord, voir si la chance était avec lui, voir si le tech, se précipitant à la poursuite de Nadia, n'avait pas commis l'erreur fatale sur laquelle il comptait tant. Au premier coup d'œil, Albert vit que non. Il lâcha un juron. Ce gros lourdaud n'avait pas négligé d'emporter la clé de contact. Et la portière avant, l'avait-il fermée ? Oui, bien sûr…

Le tech avait agi sans précipitation.

Albert savait qu'il n'avait que deux ou trois minutes devant lui. Il avait réussi à éloigner ce type de son mini-car. Il lui fallait absolument trouver le moyen d'en tirer profit. Que Nadia n'ait pas piqué un sprint pour rien.

Il poussa une exclamation. Il n'en croyait pas ses yeux. Du côté passager, la fenêtre était ouverte. Albert contourna en hâte le véhicule, grimpa sur le marchepied. Il pouvait passer le bras. Mais la portière refusait de s'ouvrir.

Il y avait cependant quelque chose, là, sur le siège. Une veste en jean. Albert comprit que ce serait sa seule prise de la journée. Il l'attrapa et en remit l'exploration à plus tard. Il fallait filer.

Une dernière fois, l'envie le démangea de tirer une balle quelque part. Crever un pneu, détruire l'antenne.

Albert jeta un coup d'œil en direction du porche. Il cracha sur la belle carrosserie blanche et s'éclipsa.

— Et c'est pour ça que z'ai risqué ma vie ?

Nadia contemplait la veste de jean roulée en boule sur la table de la cuisine.

— Vraiment, vous êtes un fin stratèze.

— J'étais sûr que vous alliez lui faire perdre la tête et qu'il laisserait la clé de contact, se justifia Albert, assez penaud. Il y avait sûrement des tas de choses passionnantes à l'intérieur.

— Vous me surestimez. Z'espère que vous avez pu au moins récupérer sa carte de crédit, ses papiers et son portable.

— Je vous ai attendue pour fouiller. Mais je sais déjà qu'il n'y a rien. Ses poches sont aussi plates que les miennes.

Nadia secoua la veste pour la défroisser. Puis elle glissa une main dans la poche de droite.

— Si, regardez. Une pochette d'allumettes !

— Génial.

Nadia poursuivit méthodiquement son exploration. Elle ne trouva rien d'autre qu'un stylo bon marché et une feuille de papier pliée en quatre.

— J'aurais dû l'attendre, grommela Albert. Le buter.

— Tenez, il y a quelque chose d'écrit.

— Le code qui permet de faire sauter le siège de la MC, je parie.

— Ziraud, lut Nadia. Vous croyez qu'il s'appelle comme ça, ce gros lard ?

— Ziraud ? Attendez… Zir… Giraud ! rectifia Albert en arrachant le bout de papier des mains de Nadia.

— Ça vous dit quelque chose ?

— C'est un nom banal mais la coïncidence est peu probable. Il y avait un Giraud à la MC. Un crack. Spécialiste des systèmes de sécurité. Le meilleur que je connaisse.

Sous le nom était inscrit un numéro de téléphone commençant par 06. Un portable. De l'autre côté de la feuille figurait un petit schéma.

— Et il est parti de la MC ? demanda Nadia.

— Oui.

— Ze croyais qu'on ne quittait pas la MC ?

Albert n'écoutait plus Nadia. Il examinait le dessin, tentant de le décrypter.

— N36, c'est une route, conclut-il en posant le doigt sur une ligne sinueuse. Et là une autre. D402. Il y a une croix. Ça ne me dit rien de bon. Je crois vous avoir déjà dit ce qui arrivait à ceux qui désertent notre belle et grande famille. Il faut que je le prévienne. De toute façon, je voulais absolument lui parler. Si j'arrive à le mettre de mon côté, à nous deux…

Il consulta sa montre.

— Avez-vous une carte routière de la France ?

— Oui, chef. Après, ze peux aller me coucher ?

Le lendemain matin, à 7 h 15 précises, Albert et Nadia déjeunèrent ensemble sur la table de la cuisine.

— J'ai eu Giraud hier soir, annonça Albert. Il avait l'air inquiet. Apparemment, la petite croix se situe sur un itinéraire qu'il effectue plusieurs fois par semaine. À une cinquantaine de kilomètres au sud-est de Paris. Giraud a un contrat avec une société dont il a refusé de me donner le nom. Je l'ai trouvé très méfiant mais j'ai quand même réussi à lui arracher un rendez-vous. Nous nous voyons après-demain à Paris.

— Après-demain ? Ze devrais pouvoir me libérer.

— Pour quoi faire ?

Nadia prit une petite voix lamentable :

— Vous n'allez pas me laisser toute seule, chef ! Il n'y aura plus personne pour me protézer.

Albert fit une grimace maussade. Elle se fichait de lui

— On fait équipe, non ? reprit-elle sur un 'tout autre ton. Oh ! z'ai dû me tromper. Nadia est

154

tout zuste bonne à faire la chèvre, pour attirer le gros méchant loup.

— Vous n'avez qu'à…

— Aller dormir chez Mère-grand ?

Albert secoua la tête en souriant.

— Pourquoi vous me regardez comme ça ? demanda Nadia.

— Moi ? Je… je me disais que vous êtes plutôt mignonne avec votre tête de sorcière.

— Ze suppose que c'est un compliment.

Elle trempa sa tartine beurrée dans son bol de café au lait. Des yeux gras se formèrent à la surface du liquide fumant.

— Dites-moi, Albert, ce Ziraud, vous êtes sûr de lui ?

— Je ne suis sûr de rien du tout. Pour être franc, je le connais à peine. Mais comme vous me l'avez fait remarquer, je ne peux pas me battre seul contre la MC. Si ce type est parti, il doit y avoir une raison. Il représente une menace pour eux, forcément.

— Vous avez bien reconnu sa voix, au moins ?

— Sûr de rien, répéta Albert.

— Et si c'était un pièze ?

— C'est précisément pour ça que…

— Que nous devons y aller tous les deux, conclut Nadia.

Albert ne pouvait détacher son regard des deux filles qui lui tournaient le dos, perchées sur des tabourets dans la clarté rougeâtre du bar. Une Noire maigrichonne en bottes et jupe de cuir et une grosse blonde dont les seins opulents ne demandaient qu'à jaillir du corsage. Elles attendaient le client en sirotant du nectar d'abricot.

— Je n'aurais jamais dû vous permettre de m'accompagner, dit-il à Nadia. Ce n'est pas un endroit convenable.

— Il a de drôles de goûts, votre ami Ziraud.

Albert alluma une cigarette, examinant pour la trentième fois chaque recoin de la petite salle. Son œil se posa sur l'affichette proposant la bouteille de champagne à 120 euros. Puis sur les porte-manteaux où pendaient une veste argentée et un imperméable en plastique transparent. Sur la plante verte assoiffée. Sur les barreaux noirs de la fenêtre. Lugubre.

La blonde ouvrit son sac en perles et entreprit de se repoudrer.

— Il m'a parlé d'un endroit discret, dit Albert.

— C'est la Black ou c'est la blonde que vous matez comme ça ?

— Il est 21 heures. Giraud devrait être là.

La porte du bar s'ouvrit et un homme entra. Jeune, frêle, des lunettes rondes et une brosse de cheveux noirs. Il inspecta la salle des yeux, repéra Albert et Nadia, fronça les sourcils, hésita. Il s'approcha d'eux tout en continuant de surveiller ce qui se passait du côté du comptoir.

— Vous n'êtes pas seul ? fit-il à voix basse, dévisageant Nadia avec une moue de réprobation.

Albert s'était raidi.

— Et vous, vous n'êtes pas Giraud.

— Giraud m'envoie, répondit l'homme. Il n'avait pas mentionné la deuxième personne.

— Qui êtes-vous ? Je ne veux parler qu'à …

— Giraud m'a chargé de vous conduire à lui, coupa l'homme. Il doit prendre des précautions.

— Moi aussi, dit Albert.

— Ma voiture est devant la porte.

Albert se plongea dans la contemplation de son verre d'eau gazeuse.

— Je n'aime pas ça, décida-t-il. Où allons-nous ?

— Pas très loin. À dix minutes d'ici. Je ne peux pas vous en dire plus.

— Vous ne voulez pas aussi me bander les yeux ? Non, ça ne me plaît pas. Est-ce qu'on peut le joindre ?

L'homme semblait s'attendre à la question. Quand le portable fut dans sa main, il lui suffit de deux pressions du pouce pour lancer l'appel. On décrocha aussitôt.

— Giraud ? C'est Marc. Il veut vous parler. Je vous le passe, marmonna le jeune homme en tendant l'appareil à Albert.

— Ce petit voyage n'était pas prévu, dit Albert à son interlocuteur. Il faut que je m'assure qu'il n'y a pas d'entourloupe. Écoutez-moi, Giraud. Combien font 67 fois 38 ?

Albert eut un petit sourire.

— Okay. 2546, je crois que c'est ça.

Il rendit son portable au nommé Marc.

— Giraud est un crack en calcul mental, dit Albert à l'adresse de Nadia. Tout le monde connaissait ses dons, à la M… là-bas. Hum… et je ne suis pas mauvais non plus. Ça va, je pense qu'on peut y aller en confiance.

— Est-ce que la demoiselle nous accompagne ? demanda Marc.

— Bien sûr que ze…

Nadia s'interrompit. Voyant ses traits se figer, Albert tourna la tête. La grosse blonde était tout près de lui. Le canon d'un revolver dépassait de son sac à main.

— Bien sûr qu'elle nous accompagne, confirma la grosse blonde d'une voix incontestablement mâle.

D'un geste instinctif, Albert laissa descendre le bout de ses doigts le long de sa veste, à la re-

158

cherche de l'arme dont il sentait le poids contre sa hanche.

— On ne bouge pas ! ordonna la blonde.

Albert la déshabilla mentalement, lui enleva sa perruque ondulée, ses faux seins, ses bas résille et son maquillage… et retrouva sous le déguisement obscène la silhouette lourdaude du type au mini-car. Sa copine noire se tenait juste derrière, attentive et imperturbable. Albert eut le temps de noter qu'elle avait la mâchoire carrée et du poil aux pattes. À l'abri de son comptoir, le barman tournait un torchon dans un verre d'un air absent.

Marc s'était décomposé. Visiblement, l'intervention musclée des deux créatures l'avait surpris autant qu'elle avait surpris Albert.

— Vous allez sortir tranquillement, l'un après l'autre, annonça Eddie en remontant son sein gauche d'un geste négligent. Le jeune homme va nous conduire auprès de Giraud. D'une pierre deux coups, monsieur Albert. Je crois que nous allons passer une soirée fructueuse. Est-ce que vous voulez bien vous lever ?

Albert jeta un coup d'œil en direction de Nadia. Statufiée sur sa chaise, la jeune femme serrait à deux mains contre sa poitrine son sac de toile.

— D'accord, je vous suis, décida Albert, mais mademoiselle reste ici. Cette affaire ne la concerne pas.

Un bruit désapprobateur sortit des lèvres fardées d'Eddie.

— Pardonnez-moi, monsieur Albert, mais j'ai beaucoup couru après elle. Ça m'ennuierait d'avoir fait tant d'efforts pour rien. Si cette affaire ne la concerne pas, elle a eu tort de s'en mêler.

— Allez, on se casse, lança la Noire maigrichonne aux jambes velues. Debout, tout le monde !

Albert vit Marc tourner un regard désespéré vers le barman. Mais, visiblement, celui-ci avait reçu une petite prime de distraction. Son torchon allait et venait dans le même verre depuis plusieurs minutes.

C'est le moment que choisit Nadia pour éclater en sanglots. Eddie agita son arme vers elle.

— Reprenez-vous, mademoiselle. Si M. Albert se montre coopératif, il ne vous arrivera rien.

Nadia renifla bruyamment puis fouilla son sac à la recherche d'un mouchoir.

— Debout ! gronda la Black à la barbe naissante, d'un ton de moins en moins féminin. On sort d'ici, on se dépêche !

Nadia lui adressa une grimace d'excuse. Posément, elle trempa son mouchoir dans le verre d'Albert et l'en ressortit dégoulinant d'eau gazeuse. Enfin, elle se leva en se tamponnant les joues et fit deux pas vers la porte du bar.

— Votre sac, dit courtoisement Eddie.

Nadia avait oublié son sac de toile au dossier de la chaise. Eddie n'eut que le temps de remarquer qu'il commençait de s'en dégager comme un étrange panache de vapeur. L'instant suivant, le sac explosait.

Un énorme nuage de fumée âcre envahit la moitié de la salle. Son mouchoir imbibé d'eau plaqué contre la figure, Nadia se rua vers la sortie, agrippant au passage le bras d'Albert.

— Arrêtez ! hurla Eddie. Arr…

Son cri s'étrangla. Plié en deux, il se joignit au concert de toux et râles qu'émettaient Marc, Albert et sa copine à la voix de basse.

Nadia poussait Albert. Albert avançait à l'aveuglette. L'air frais de la nuit lui rouvrit les yeux. Nadia se mit à courir, l'entraînant par la main. Trente mètres plus loin, ils se retournèrent. Marc et les deux travestis de la MC formaient un curieux trio sur le trottoir où ondoyaient des volutes de fumée. Dans la rue, les voitures freinaient en klaxonnant. Des têtes apparaissaient aux fenêtres. Des gens accouraient de toutes les maisons voisines.

— Filons ! décida Albert. Je crois que Marc ne risque plus rien.

Ils coururent côte à côte pendant deux ou trois minutes. Albert toussait. Nadia riait. Puis ils se réfugièrent sous un porche, les yeux pleins de larmes, et ils s'embrassèrent, la gorge encore brûlante.

— Vous êtes dangereuse comme nana, grogna enfin Albert. Moi, je ne dors plus au milieu de vos explosifs !

— On doit pouvoir s'arranzer autrement, répondit Nadia d'une voix de petite fille sage.

Mais le regard qu'elle glissa à Albert était capable de mettre le feu à n'importe quoi.

CHAPITRE XI

ALIAS

Jean-Hugues avait obtenu un arrêt maladie d'une semaine pour état dépressif. Il restait nuit et jour en tête à tête avec son ordinateur. Golem revenait régulièrement sur son écran, mais le jeune homme ne se décidait pas à rappeler Natacha. Il avait réussi à mettre Bubulle dans une boîte en bois qu'il avait percée de trous, Mme de Molenne s'inquiétant pour la santé de la pauvre bête. Au cours de l'opération de mise en boîte, Jean-Hugues avait par mégarde effleuré le petit dragon. Il s'était pris une décharge semblable à ce que vous réservent les clôtures électrifiées. Bubulle semblait inoffensif. La flammèche qui lui sortait de la gueule roussissait à peine le bois de sa prison.

À l'inverse, le dégom-laser avait fait des dégâts dans l'épaule de Jean-Hugues. Il y avait une brûlure à l'endroit de l'impact et celle-ci se prolongeait d'une incision comme faite au cutter. Le dégom-laser brûlait et ouvrait les chairs. Jean-Hugues se demandait si les pouvoirs virtuels de Natacha n'allaient pas devenir encore plus réels, la prochaine fois.

Au bout de deux jours et deux nuits, il ne s'était toujours pas décidé à taper ALIAS sur son clavier. Que pouvait-il attendre d'une fille qui l'électrocutait dès qu'elle le touchait ? Quand il était fatigué de la regarder sur l'écran de l'ordinateur, il fermait les yeux et, sur l'écran de ses paupières, il la revoyait grandeur nature. Nature, mais pas naturelle. La régularité des pixels et du coloris ne recréait pas le grain de la peau ni la matière vivante et imparfaite. Natacha était autre, *alias*, trop belle pour être vraie. « Mais est-ce que je l'aime pour de vrai ? » se demanda Jean-Hugues. Sans en avoir conscience, il avait tapé ALIAS sur son clavier. Il la rappelait vers lui et tant pis s'il devait en mourir.

— L'eau est l'arme de la MC, récita Natacha quand elle fut en face de lui. Je ne dois pas toucher l'eau.

Elle avait dû subir de l'autre côté un nouveau conditionnement. Mais elle n'avait pas oublié sa mission.

— Je viens détruire la MC, ajouta-t-elle.

Pwijj. Un trait partit du dégom-laser qui pulvérisa un petit baladeur de marque MC.

— *One hit*, murmura Natacha. *Reload.*

Elle rechargea en abaissant brusquement son arme. Le dégom-laser était devenu opérationnel. *Pwijj.* La canette de Mondial Cola explosa.

— *Reload.*

— Non, non ! hurla Jean-Hugues. Natacha, arrête…

Elle tourna l'arme vers lui. Il allait s'en prendre une giclée.

— Caliméro est notre allié, supplia-t-il.

— Caliméro est notre allié, répéta Natacha en abaissant le dégom-laser. Je viens détruire la MC.

— Tu n'y arriveras pas, lui répondit Jean-Hugues.

Comment lui faire comprendre son erreur ? Elle confondait MC et le monde réel. Tout doucement, en la contournant, Jean-Hugues alla jusqu'à la fenêtre et tira le double rideau qui masquait le soleil. Il tapa sur le carreau.

— De l'autre côté, dit-il, il y a toute la réalité.

Natacha l'avait suivi des yeux sans bouger. Peut-être allait-elle confondre la vitre de la fenêtre et l'écran de l'ordinateur ? Alors, Jean-Hugues ouvrit la fenêtre. Dehors, c'était la rue. Les vitrines, les magasins, les gens, la vie. Natacha restait immobile. Mais son regard avait plongé par la fenêtre. Dans la vie.

— Je ne peux pas changer de décor, dit-elle. Je n'ai pas tué tous les ennemis du premier niveau.

— Il y a des millions de niveaux, des milliards de niveaux, lui répliqua Jean-Hugues. Ici, c'est le monde réel. Infini.

Natacha leva son arme. Elle allait tirer. Où ? Sur quoi ? Sur qui ?

— Caliméro est notre allié ! hurla Jean-Hugues.

— Caliméro est notre allié, Caliméro est notre, Caliméro est, Caliméro…

Natacha se tut, totalement désorganisée. Les yeux partaient de tous côtés, la bouche s'ouvrait et se refermait sans produire de sons. Le courant d'air venu de l'extérieur agita sa chevelure et souleva un instant la mèche qui lui recouvrait le front. Jean-Hugues, horrifié, vit que dans la chair était imprimé le mot qui donnait la vie au golem. EMET. Le jeune homme referma la fenêtre, tira les doubles rideaux.

— On va rester au premier niveau, dit-il.

Il éprouvait une peine profonde pour Natacha. Elle n'était ni un automate ni un être humain. À sa manière, elle existait. Autrement.

166

— Alias, murmura Jean-Hugues.

— Alias est mon maître, récita Natacha.

Jean-Hugues s'était approché. Plus près, encore plus près. Il avait sous son nez la projection de tous ses désirs. Malgré lui, il avança la main à quelques millimètres de la bouche de Natacha, dessina dans l'air le contour de son épaule. Puis renonça avec un soupir de détresse.

— Caliméro est notre allié, dit alors Natacha.

— Je m'appelle Jean-Hugues et si tu existais réellement, je te dirais que je t'aime. Je te dirais…

Il se détourna, redoutant de pleurer une fois de plus. Son regard tomba sur la boîte en bois qui renfermait Bubulle.

— Mais bien sûr ! s'exclama-t-il.

Il allait faire se connecter deux êtres virtuels. Il entrouvrit le couvercle de la boîte et Bubulle apparut, pâle, presque transparent. Il avait besoin de se recharger.

— Le dragon ! s'écria Natacha.

Sans hésitation, elle le sortit de la boîte et Bubulle vint se lover dans ses bras, comme un chaton. Jean-Hugues aurait bien voulu sa place. Au bout de quelques secondes, Bubulle avait retrouvé ses couleurs, comme s'il se reconstituait au contact d'un autre virtuel. Ses yeux bleus étaient devenus câlins et, du fond de sa gorge, montait un tendre gémissement : « mmmu, mmu… »

— Alias cherche le dragon, dit Natacha sur un ton presque naturel.

— Pourquoi ?

— Il ne doit pas être de l'autre côté. C'est un bug.

À nouveau, Jean-Hugues eut cette incroyable sensation d'un dialogue qui échappait à toute programmation.

— Alias ne voulait pas laisser sortir le dragon ? insista le jeune homme.

— C'est un bug.

Qui était Alias ? Quelle que fût sa nature, quels que fussent ses pouvoirs, il commettait des erreurs. Joke était peut-être, lui aussi, un « bug » qui échappait au contrôle d'Alias. Le téléphone sonna alors au salon. C'était sûrement Mme de Molenne. Elle savait son fils en congé de maladie. S'il ne décrochait pas, elle allait s'inquiéter.

— Je change de niveau, dit Jean-Hugues en s'éloignant de Natacha.

Il referma la porte derrière lui et courut jusqu'au téléphone.

— Oui ? C'est moi, maman ! Mais si, je vais très bien.

À la vérité, Jean-Hugues allait très mal. Tandis qu'il répondait à sa mère, un spectacle presque répugnant s'imposait à ses yeux : la traversée d'une porte par un être virtuel. Des essaims de pixels colorés franchirent la cloison et tentèrent de s'assembler. Il y eut deux ou trois secondes de grand désordre où des formes, bras, yeux, jambes, s'esquissèrent puis disparurent. Enfin, tous les pixels furent pris dans un tourbillon, comme si on les passait à la centrifugeuse. Il en résulta ce cocktail très réussi qui s'appelait Natacha. Hébété, Jean-Hugues laissa retomber le combiné du téléphone en répétant :

— Je vais très bien.

— Attention, derrière toi ! signala Natacha.

Pwijj. Le trait du laser passa tout près de Jean-Hugues et frappa le bocal des poissons rouges.

— L'eau est l'arme de la MC, rappela Natacha.

— Mais ça va pas ! hurla Jean-Hugues.

Le bocal avait explosé, les deux malheureux poissons rouges frétillaient sur la moquette. *Reload. Pwijj. Reload. Pwijj.*

— Tu… tu les as tués, bégaya Jean-Hugues.

— Ça me fait combien de points ? s'informa Natacha.

Atterré, Jean-Hugues se baissa pour examiner les deux petites bêtes. Le trait de laser avait atteint la tête et l'avait carbonisée. Mais le dégomlaser ne se contentait pas de si peu. Il avait ouvert les petits poissons en deux comme au scalpel. C'était effroyable.

Jean-Hugues tressaillit. Il venait d'entendre le clac-clac sinistre du dégom-laser qu'on recharge.

— Ne tire plus, Natacha, supplia-t-il. Il n'y a pas d'ennemi, ici.

Dans quelle folie s'était-il laissé entraîner ? Il avait encore une chance de maîtriser la situation. La moquette était trempée.

— Viens, dit-il à Natacha. Viens vers moi. Caliméro est ton allié.

Il l'attirait vers le piège. Natacha fit un pas puis, du bout du dégom-laser, elle désigna la moquette.

— L'eau.

Elle avait déjà fait cette expérience et l'avait enregistrée. Elle était donc capable de mémoriser, d'analyser, de déduire. Bref, elle avait les moyens de s'adapter comme tout être humain. Jean-Hugues avait-il le droit de la détruire ? Le pistolet à eau se trouvait toujours dans sa poche. Mais tirer sur Natacha, ce serait comme l'assassiner.

— Je ne sais plus quoi faire, se dit-il à mi-voix.

Réel et virtuel s'emmêlaient désormais de façon inextricable.

— Qu'est-ce que tu as fait de Bubulle ?

La bestiole n'était plus dans les bras de Nata-cha. Jean-Hugues s'affola.

— Le dragon ? Où est le dragon ?

— Je l'ai laissé au premier niveau, répondit Natacha. Il n'a pas le pouvoir de traverser les cloisons.

Jean-Hugues se précipita dans son bureau. Bien sûr, Bubulle n'était pas retourné dans sa cage.

— Attention, à côté de toi ! prévint Natacha.

Pwijj. MC Solaar vola en éclats.

— Mais tu vas te calmer, dis, tu vas te calmer ?

Jean-Hugues était à bout de nerfs. Sans y prendre garde, il donna une bourrade à Natacha. Il retira sa main avec effroi, puis la regarda avec étonnement. Il ne s'était pris qu'une petite secousse électrique. Il n'eut pas le temps d'approfondir sa découverte. Natacha pointait vers lui son dégomlaser. Il l'avait agressée, elle allait se défendre.

— Non ! Caliméro est ton allié.

Elle le tenait en joue. Le grand frisson de la mort passa sur lui. La phrase qui, jusque-là, l'avait protégé, ne semblait plus faire effet.

— Ne me tue pas. Je n'ai qu'une vie. J'ai encore rien vécu, Natacha. Même l'amour, je ne sais pas…

De nouveau, il pleurait.

— Jean-Hugues, dit-elle, en articulant durement son prénom.

Il tremblait de la tête aux pieds.

— Tu… tu as compris ? bredouilla-t-il. Oui, je m'appelle Jean-Hugues.

— « Et si tu existais réellement, je te dirais que je t'aime », récita platement Natacha.

Elle avait enregistré les paroles du jeune homme. Jean-Hugues sourit, émerveillé. Lentement, prudemment, il avança la main vers elle, écarta le dégom-laser, frôla les cheveux, effleura l'épaule. À chaque geste, il se prenait une petite décharge. Pas vraiment agréable. Pas douloureux non plus.

— Et si je l'embrasse ? se demanda-t-il à mi-voix.

Il secoua la tête. D'abord, retrouver Bubulle.

— Où est le dragon ?

— Il est là, fit Natacha en désignant la commode de style.

Le jeune homme se baissa et aperçut Bubulle sous le meuble.

— Toi, mon vieux, tu vas rentrer à la niche.

Jean-Hugues poussa du pied la boîte en bois et attrapa sur son bureau un double décimètre de plastique. Puis il se mit à plat ventre.

D'instinct, Bubulle se serra contre la plinthe. Il avait compris qu'il était un dragon minable, lasero-jet nul et taille riquiqui. Dire qu'au troisième niveau, il terrorisait les populations ! Maintenant, la boss au balai l'épouvantait et même Mou-du-Genou le persécutait. L'une faisait « *Pschui* » et l'autre « *kss* », mais le résultat était le même. Il s'en prenait plein la gueule. Ce jeu était pourri de chez pourri. De dépit, Bubulle lança un petit « *tfmm* » enflammé.

— Eh bé, on fait le méchant, se moqua Jean-Hugues.

Il plaça la boîte en bois juste devant le muséau du dragon et lui taquina le flanc du bout de la règle.

— *Kss, kss*, rentre dans la boîte, bébé.

Bubulle voulut s'enfuir à reculons, mais il se prit un coup de règle sur l'arrière-train. Penaud, à tout petits pas, comme un gosse qui cède en traînant les pieds, il finit par se constituer prisonnier.

— Et voilààààà, se réjouit Jean-Hugues, en refermant le couvercle.

Il avait presque oublié que Natacha observait la scène. Que pouvait-elle en penser ? Jean-Hugues se releva et se retourna, un peu craintivement.

— Le dragon doit aller de l'autre côté, lui dit Natacha.

— Non, je le garde, répliqua Jean-Hugues.

Sa réponse était partie plus vite qu'il ne le souhaitait. Son cœur s'emballa comme à chaque fois qu'il s'opposait à Natacha. Mais elle ne brandit pas son arme.

— Alias cherche le dragon, dit-elle comme si elle voulait argumenter.

— Alias n'est pas mon maître.

Il ne s'agissait pas encore d'une déclaration de guerre, mais assurément d'une déclaration d'indépendance. Caliméro n'était pas un allié sûr.

— Alias est mon maître, fit Natacha, Alias est, Alias…

De nouveau, elle bloquait. Dans sa boîte, Bubulle s'agitait et poussait des couinements. Était-ce de sentir Natacha si près de lui ? Jean-Hugues souleva le couvercle et aperçut la petite tête du dragon.

— *Mmu, mmu*, fit Bubulle.

Jean-Hugues sourit, attendri.

— Si tu es sage, Natacha te reprendra dans ses bras, lui promit-il.

Comme il allait refermer la boîte, Bubulle redressa vivement la tête. Ses yeux bleus virèrent au rouge et il cracha son lasero-jet. Il avait fait le plein d'électricité et Jean-Hugues eut un sursaut de frayeur. Car le lasero-jet était une vraie petite flamme, comme celle qui sort d'un briquet. Mais elle se perdit dans le vide et Jean-Hugues éclata de rire.

— Ce gros vilain! s'exclama-t-il en lui refermant le couvercle au nez.

Son regard amusé croisa celui de Natacha.

— Il est super! Ma mère n'a jamais voulu m'acheter de chien. Mais j'aime mieux un dragon, finalement.

Il était vraiment content. Mais son sourire s'éteignit. La golémette restait sans réaction en face de lui. Déconnectée?

— Tu es là? Hou, hou, chérie?

Il mit les mains dans les poches et prit un air de séducteur cool.

— Je te plais? blagua-t-il.

Sa timidité le reprit brusquement et il rougit de sa prétention. Car elle le regardait. Mais comme on regarde un casse-tête chinois.

— Jean-Hugues, dit-elle pensivement.

Il s'approcha jusqu'à n'être plus qu'à un souffle d'elle. Il était un peu plus grand, aussi leva-t-elle vers lui son visage. Elle était belle, mortellement belle. Deux longues secondes, leurs bouches s'unirent. Jean-Hugues sentit sur ses lèvres comme un grésillement électrique qui se prolongea dans tout le corps. Il fit un pas en arrière

175

et porta la main à son cœur. Un peu… éprouvant. Mais tellement extraordinaire. Natacha le regardait toujours aussi fixement.

— Eh oui, s'énerva Jean-Hugues, tu n'y comprends rien !

De sa voix robotisée, Natacha répliqua :

— Essaie encore une fois.

CHAPITRE XII

LES MALFAISANTS
SONT DANS LA VILLE

Jean-Hugues était vidé. Il avait de plus en plus de mal à rassembler ses idées et à se maintenir éveillé. Prostré dans son fauteuil, il regardait Natacha. Et Natacha le regardait. Debout, sur le qui-vive, infatigable. Mais que se passait-il en elle, qu'attendait-elle ? Les paupières de Jean-Hugues devenaient de plus en plus lourdes. Pourtant, il ne pouvait laisser Natacha sans surveillance.

— Tu n'as pas sommeil ? lui demanda-t-il d'une voix qui suppliait presque.

— Jean-Hugues, dit-elle, toujours le regardant.

— Oui, c'est ça, Jean-Hugues. Mais Jean-Hugues en a marre. Je suis crevé, tu comprends ? Je veux dormir, dormir !

La fatigue l'exaspérait autant que Natacha.

— Tu ne peux pas faire pause ? lui suggéra-t-il.

— Je suis timée.

— Timée ? répéta Jean-Hugues.

Était-elle programmée pour rester active un certain temps ? Et que se passerait-il lorsque le timelock se serait écoulé ? Ses pensées s'effilochèrent puis Jean-Hugues cessa de se poser des questions. *« C'est le directeur du zoo au téléphone, lui dit sa mère. Il paraît qu'on n'a pas le droit de garder un dragon de Sumatra chez soi. »* Jean-Hugues voulut objecter que Bubulle n'était qu'un bug, mais il se souvint que sa mère n'était pas là et il s'assoupit.

Le bruit de soufflerie ne l'éveilla pas. Le faisceau laser jaillit de l'ordinateur et, lentement, balaya le bureau. Le temps imparti à Natacha pour réussir sa mission s'était écoulé. Alias venait récupérer sa créature puisqu'elle avait échoué. Natacha fit un pas de côté pour esquiver le rayon.

— Il y a des milliards de niveaux, dit-elle à haute voix.

Elle savait quelque chose que Alias ne savait pas. Elle savait qu'il y avait la réalité et Jean-Hugues. Sans hésiter, elle traversa la porte et se reconstitua de l'autre côté. Là, elle était hors d'atteinte. Au même moment, Jean-Hugues annonçait à sa mère son mariage avec Natacha. *« Je ne crois pas que le directeur du zoo sera d'accord, lui dit Mᵐᵉ de Molenne. »* Très contrarié par cette nouvelle, Jean-Hugues rouvrit les yeux et vit le rayon laser.

— Natacha ?

Elle avait disparu. Furieux, Jean-Hugues se jeta sur son ordinateur et secoua le moniteur en criant :

— Rends-la moi, rends-la moi !

Que se passa-t-il alors ? Jean-Hugues appuya-t-il par mégarde sur une commande de son clavier ? Ou Alias, se sentant menacé, voulut-il riposter ? Le faisceau laser s'élargit et l'ordinateur émit un bruit entre rot et hoquet. Brusquement, tout bascula dans la folie.

En quelques secondes et presque tous à la fois, les Malfaisants se déversèrent dans le bureau. Ce fut comme si l'ordinateur vomissait tripes et boyaux. Jean-Hugues poussa un hurlement et se plaqua au mur. Ce fut très rapide. À peine s'il put distinguer dans ce flot, dans ce flux, dans cette diarrhée quelques pattes crochues, des ailes de chauves-souris, un rictus sur des dents de vampire, des poils, des griffes, des crocs, des cornes, des queues, tout un carnaval de monstres et de chimères, tout un défilé de cauchemars brandissant des fourches et des torches. La meute passa en silence devant Jean-Hugues, traversa la porte, se retrouva dans le salon.

Bien que les Malfaisants parussent sans consistance, Natacha s'écarta pour les laisser passer. Se crut-elle menacée à son tour? Tout en reculant, elle tira. *Pwijj, pwijj*. Les traits du dégom-laser passèrent au travers des hologrammes sans y laisser de traces. Mais Natacha oublia où était pour elle le vrai danger: l'eau des poissons rouges. Jean-Hugues n'avait rien éponge. Dès que Natacha marcha sur la moquette détrempée, elle se mit à crépiter. Identifiant la menace, elle voulut faire un pas de côté pour y échapper. Mais il était trop tard. Elle explosa en une myriade d'étincelles. Une minute plus tard, Alias dressait le constat sur l'écran du moniteur:

```
Golem NATACHA
Taille: à l'échelle
Motricité: bonne
Vision: bonne
Sensation: bonne
Matérialisation: bonne
Armement: bon
Armure d'invincibilité: inopérante
Nombre de vies restantes: 2
```

— Putain, murmura Jean-Hugues, catastrophé. Deux vies !

Plus que deux vies pour s'aimer, plus que deux vies pour que Natacha comprenne ce qu'est la vie.

C'était l'heure entre chien et loup aux Quatre-Cents. Dans quelques instants, Mondiorama fermerait ses portes. Aïcha se dépêchait. Sa mère venait de s'apercevoir que le vin allait manquer. Le père en serait de mauvaise humeur et quand le père était de mauvaise humeur, les claques tombaient. Aïcha leva la tête vers le ciel tourmenté. Le vent chassait de gros nuages au ventre bas. La pluie, elle aussi, allait tomber. Aïcha se mit à courir, s'amusant toute seule du sautillement de ses petites nattes et de leur joli bruit de perles entre-choquées.

Aïcha avait grandi, depuis le soir où elle avait eu si peur en voyant danser devant la porte de Majid l'étrange fumée électrique. Elle n'était plus si craintive. D'ailleurs, ils avaient dit à la télévision que la pâte à prout donnait des hallucinations. Donc, elle avait halluciné et Majid aussi. Tout ça, c'était pâte à prout et compagnie.

À quelques mètres de là, Miloud et Rachid sortaient de chez le docteur. Une heure qu'ils avaient poireauté dans la salle d'attente ! Miloud s'était retenu pour ne pas éclater la chetron de la secrétaire.

— T'as rien, finalement, fit sèchement remarquer Rachid.

— T'as pas écouté le toubib ou quoi ? Commotionné, que j'ai été.

— Commotionné mon cul. T'as même pas des médicaments.

Ils étaient tous les deux à cran. Leur mésaventure à la Mondial Aréna avait fait le tour de la cité et tout le monde se payait leur tête. Histoire de se défouler un peu, Rachid flanqua un coup de pied dans le rétroviseur d'une voiture à l'arrêt et en fit voler le miroir en éclats. C'était déjà ça.

— Trop bon ! s'exclama soudain Miloud. Tu vois ce que je vois ?

C'était Aïcha qui arrivait au petit trot. Ils allaient se la coincer.

— Eh bien, chérie, où c'est que tu cours comme ça ? fit Miloud en l'agrippant au passage.

La petite Black savait que, dans ces cas-là, il fallait crier très fort.

— Lâche-moi ! hurla-t-elle. D'abord, je te connais ! T'es le cousin à Samir !

— Eh bien, si on se connaît, fais-moi la bise, ricana Miloud.

182

Rachid regardait sans intervenir. Un tic lui remontait le coin gauche des lèvres et le faisait cligner des yeux. Miloud avait plaqué la petite contre lui et la palpait à travers ses minces vêtements. Les cousins avaient lâché leurs démons et l'affaire risquait de très mal tourner.

Mais de la pénombre sortit alors la horde silencieuse. Cela ne dura pas plus de trente secondes. Les Malfaisants! Une ruée de bêtes lubriques, une nuée de monstres grimaçants. Quand ils frôlèrent Rachid, le choc électrique l'expédia contre le capot de la voiture. Devant cette vision infernale, Miloud tomba à genoux et se mit à marcher à quatre pattes. Délivrée, Aïcha remercia Dieu (et le Diable aussi, pour ne vexer personne), puis reprit sa course vers Mondiorama.

Bernard Martin-Weber venait de quitter son magasin. Il avait licencié une caissière enceinte jusqu'aux yeux en lui inventant une faute professionnelle. Il était assez content de sa journée. Il regarda sa montre. 19 h 47. Il avait le temps de passer prendre l'apéritif chez sa maîtresse. Autrement, ce serait encore elle qui sifflerait toute seule la bouteille de whisky qu'il lui avait offerte. Depuis la Mondial Aréna, BMW se sentait plus que jamais en guerre contre le genre humain. Quand il arriva à sa voiture, il en trouva le rétroviseur défoncé. « Il faudrait rétablir la peine de mort », songea-t-il, furieux. Il monta dans sa voiture, démarra puis, pour se calmer les nerfs, appuya sur l'accélérateur. Encore. Encore. Dans le virage, les pneus crissèrent et, là, ce fut l'horreur. Pourtant, les Malfaisants traversaient bien gentiment sur le passage protégé. Mais BMW ne s'y attendait pas. Une meute de monstres noirs, jaunes, rouges. Bleus ! De la racaille à poil et à plume, becs et ongles en avant. L'un d'eux écrasa sa gueule fumante sur le pare-brise et BMW donna un violent coup de volant pour s'en débarrasser. Ce faisant, il se récupéra les poubelles d'un immeuble, puis l'immeuble.

— Peine de mort, murmura-t-il avant de s'évanouir.

Les Malfaisants étaient déjà loin et personne ne les arrêterait.

22 heures. Plus il roulait, plus Eddie songeait qu'il s'était fait rouler. Pourtant, tout avait bien commencé. Il avait réussi, dans sa camionnette, à intercepter l'appel d'Albert en direction du portable de Giraud. Il avait eu le temps de préparer le guet-apens dans le bar. Albert, Giraud, ils les tenaient à sa merci. Oui, sans cette nana, tout

aurait marché comme sur des roulettes. Nadia Martin, la soi-disant prof de collège. Pour qui travaillait-elle, celle-là ?

— Dis donc, fit une voix dans la camionnette, on va pas se garer sous ses fenêtres. Elle est dangereuse, cette fille.

Eddie regarda son collègue dans le rétroviseur. Il était gratiné avec ses yeux fardés et sa barbe qui repoussait. Ni l'un ni l'autre n'avait eu le loisir de se changer tout à fait. Blouson de cuir et maquillage filant, flingue et bas résille. Quel spectacle !

— Au point où on en est, on va pas faire dans la dentelle, répliqua Eddie, pince-sans-rire. À la MC, ils veulent des résultats. La fille, ils me l'ont pas demandée vivante.

Le feu passa au rouge et Eddie freina. On peut être tueur à gages et respecter le code de la route. Il en profita pour se décrotter le nez. Mais soudain, il resta figé, le doigt dans la narine et les yeux exorbités.

Les Malfaisants traversaient. Normal, pour eux, c'était vert.

— Mais c'est quoi, ça ? hurla le collègue mal démaquillé.

C'était une horde débraillée et poilue, les seins à l'air et les mains griffues, une meute de monstres tirant la langue jusqu'à terre, un défilé de bestioles obscènes, grimpées sur le dos d'autres bestioles… Eddie dégaina et tira à travers le pare-brise. Les monstres allaient et venaient devant la camionnette, passant d'un trottoir à l'autre d'un air affairé. Eddie les alignait comme au champ de foire. Mais ses balles transperçaient les holo-grammes sans leur causer le moindre dommage. Puis le répugnant troupeau s'engouffra dans une rue voisine et l'infernale vision disparut comme elle était venue.

— C'était quoi ? hurla de nouveau le collègue.

Eddie resta un moment la tête entre les mains.

— Tu as vu ce que j'ai vu ? dit-il enfin.

— Mais c'était quoi ?

— Les Malfaisants.

Eddie avait pris le temps de la réflexion. Il était sûr de lui. Ce qu'il venait de voir, c'étaient des personnages de Golem, le jeu qu'avait créé Albert. Il avait reconnu très précisément certains des monstres, la grenouille au cou de girafe, le serpent à pattes et le cyclope rigolard. Albert pou-vait faire sortir ses créatures du jeu ! C'était in-sensé, mais les Malfaisants étaient là, ils hantaient les Quatre-Cents. Est-ce que la MC était au cou-rant ? Eddie sortit de sa poche un portable frappé du sigle de la compagnie.

— Tu as bien vu ce que j'ai vu ? s'assura-t-il une dernière fois.

— Oui, mais c'était quoi ?

Eddie fit signe au collègue de la boucler. Il avait le numéro direct d'Orwell, le larbin de M. William. Il allait le prévenir.

— Allô, monsieur Orwell ? C'est Eddie.

23 h 21. Le concierge des Colibris leva le nez vers le ciel. Une goutte de pluie, large, lourde, s'aplatit sur sa joue. Le vent sentait l'averse, les nuées allaient crever.

— Bon, mais dépêche-toi ! cria l'homme à son chien.

Brutus s'approcha de sa borne et la flaira.

— Tu pisses, oui ? le houspilla son maître.

Soudain, Brutus retroussa les babines et se mit à gronder.

— Allons bon, ça le reprend, grommela le concierge.

Son chien avait des peurs incompréhensibles depuis quelque temps, comme s'il flairait d'invisibles ennemis.

— T'as fini de faire des histoires pour…

Le gardien des Colibris laissa sa phrase en suspens. Les Malfaisants étaient là. Affolés par les premières gouttes de pluie, ils zigzaguaient entre le bâtiment des Colibris et celui des Flamants roses, toujours silencieux, grotesques et affairés. Brutus se mit à hurler à la mort. Le gardien, les jambes coupées, s'affaissa sur la borne.

La pluie redoubla et, l'un après l'autre, les Malfaisants explosèrent en millions d'étincelles.

Plus que deux vies pour Natacha.
Jean-Hugues va-t-il la faire ressortir
de l'ordinateur ?

Albert et Nadia ne finiront-ils pas
par tomber entre les griffes de la MC ?

Pour le savoir, lisez la suite
des aventures de GOLEM dans :

Monsieur William

à paraître au mois de juillet 2002

TABLE DES MATIÈRES

Composition : Francisco *Compo*
61290 Longny-au-Perche

Imprimé en France sur Presse Offset par

BRODARD & TAUPIN

GROUPE CPI

La Flèche (Sarthe), le 17-04-2002
N° d'impression : 12314

Dépôt légal : mai 2002

 12, avenue d'Italie • 75627 PARIS Cedex 13

Tél. : 01.44.16.05.00